Vietnam Snacks

Vol. 02

VIETNAM SNACKS

베트남 간식,
시간과 시간 사이에서 만난
작고 다정한 것들

글 · 사진 진유정

크록

Contents

Part 2.
아침과 점심 사이

Part 3.
점심과 저녁 사이

Part 4.
저녁과 밤 사이

일러두기

- 베트남어 한글 표기는 표준어인 하노이 발음을 기본으로 하되, 짧게 줄여도 되는 발음은 되도록 짧게 표기했습니다. 예를 들면 '바인'은 '반'으로 줄여 썼습니다. 또 지역의 고유 발음이 중요한 경우에는 현지 발음을 살렸습니다.

- 음식명은 붙여쓰기를 기본으로 했습니다. 단, 단순히 지역명과 결합된 경우에는 띄어 썼습니다.

- 이 책에 등장하는 몇몇 식당과 카페는 더 이상 운영하지 않거나 위치를 옮긴 곳도 있습니다. 특정 맛집 소개가 아닌 베트남의 다양한 간식 이야기를 들려 드리고자 합니다.

Prologue

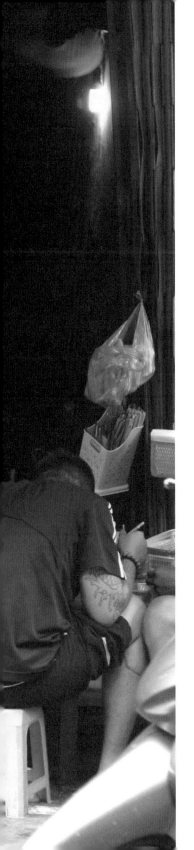

사이(間)에서 먹다(食)

아침과 점심 사이에, 점심과 저녁 사이에
혹은 저물녘과 깊은 밤 사이에 너는 있다.

사이 간間, 먹을 식食.

시간과 시간의 사이에서
불현듯 찾아오는 심심한 틈을
조용히 채워 주는 '사이의 음식들'.

사이좋게 간식을 먹는다.
그 사이에 아주 작은 징검다리가 놓인다.
가볍게 점프해 징검다리를 밟아 가면
일상의 심드렁한 시간도 통통통 건너진다.

버려진 프라이팬과 냄비, 고철을 모으고 쌓아 올려
꽃과 숲을 만드는 어느 설치 작가는
'눈부시게 하찮은' 물건을 '채집'한다고 했다.
나는 간식을 채집한다.
베트남 거리거리에서, 좁은 골목길에서
'눈부시게 하찮은' 간식을 발견한다.

길 위에서 사람들은 간식을 먹으면서 시간을 잠시 멈추고 숨을 돌린다. 단순하고 촌스럽고 보잘것없어 보일 수도 있는 소소한 음식인데, 이상하게 그것들을 앞에 두고 있을 때의 사람들 표정은 자유롭고 여유롭고 평화로워 보인다. 간식을 먹고 있는 그들의 뒷모습을 볼 때면 사람을 풍선처럼 부풀려 묘사하는 보테로의 따뜻하고 유머러스한 그림이 떠오른다. 새끼손가락만 한 플라스틱 티스푼으로, 휘어질 정도로 얇고 작은 양철 포크로 몇 입 되지도 않는 것들을 고도의 집중력을 발휘하여 즐기는 모습을 보면 키득키득 웃음이 새어 나온다. 그러다가 나도 곧 그 속에 섞여 작디작은 간식 접시를 끌어당긴다. 베트남 간식의 장르는 기본적으로는 코믹이다. 거기에 때로 드라마가 섞이고, 또 때로 호러와 컬트가 접목되며, 어떨 때는 B급 감성과 판타지가 버무려진다.

그러나 그것들은 결코 보잘것없지 않다. 잘 정돈된 고급 식당에서는 결코 맛볼 수 없는 엉뚱하고 아기자기하고 투박한 베트남 간식에 반해 버린다. 생활에 쫓겨 허겁지겁 해결해야 했던 하루 세끼 식사에서 유유히 비껴간 간식들. 그 간식들이 다정하고도 장난스럽게 속삭인다. '어쩌면 진짜 재미는 우리들한테 있지!'

베트남의 어느 길거리에나, 어떤 시간에나 있는 간식은 식사 시간을 놓친 우리를 쓸쓸하게 두지 않는다. '걱정 마. 오늘 어떤 일이 있었는지 몰라도 당신의 기분은 내가 달래 줄게. 이걸로 우선 요기부터 해' 하며 툭 나타난다. 공책을 쭉 뜯어 대충 싸 준 간식을 먹으면 어느새 축 처져 있던 입꼬리가 살살살 기운을 내기 시작한다. 베트남 간식은 길 위에서 먹을 때만 느낄 수 있는 야릇한 해방감과 편안함을 준다. 부담은 주지 않으면서 작은 기쁨을 주는 선물, 베트남 간식은 꼭 그런 선물 같다. 그러고 보니 베트남어로 간식과 선물은 '꽈'Quà, 똑같은 철자를 쓴다.

시간의 틈새에 숨겨진 선물. 때로는 꽤나 유치하고, 때로는 한없이 유머러스하고, 또 때로는 따뜻하고도 든든한 간식의 세상으로 당신을 초대한다.

'우리, 간식 먹으러 갈래요?'

Part 1.

새벽과
아침 사이

하얀 새벽달을 보며
숙소를 나선다.
나는 아침의 문고리를
잡아당기러 가는 문지기다.

아침으로 들어가는 문

쏘이

캄캄한 밤과 아침. 오직 그 사이에서만 발견할 수 있는 빛과 풍경. 나는 항상 쏘이Xôi의 배경에 바로 그 시간의 여명을 그려 넣는다. 불면의 어느 새벽. 잠은 일찌감치 포기하고 날이 밝기만을 기다려 밖으로 나온 날, 먼 곳으로 떠나는 첫차를 타야 하는 날, 오토바이에 방해받지 않고 한번 제대로 쭉쭉 걷고 싶은 날.★ 아침이 오기 직전 인적 드문 그 시간을 걷노라면 오늘을 향해 가장 먼저 나선 사람이 된 듯하다. 아침으로 들어가는 문이 있고 매일 누군가 그 문을 열어 아침이 시작된다면 이번엔 내가 그 문고리를 당긴 것 같다. 그렇게 나선 거리에 쏘이가 있다. 부지런한 자만이 맛볼 수 있는, 새벽과 아침 사이에 존재하는 하노이Hà Nội 찹쌀밥 쏘이가 아침의 문을 연 이들을 길 위에서 맞아 준다.

셔터가 내려진 어느 상점 앞 계단이나 담장 밑, 커다란 함지 같은 걸 천으로 폭 덮어 앞에 두고 누군가를 기다리는 표정을 짓고 있다면 그는 분명 쏘이 장수다. 그러고 보니 아침으로 들어가는 문은 쏘이 장수가 먼저 와 열어 놓은 셈이다. 얼마나 이른 시간에 일어나 밥을 지은 걸까. 덮어 놓은 천을 젖히자 따뜻한 김이 모락모락 피어오른다.

★
베트남 도로를 꽉 메운 오토바이는 낮에는 보도까지 주차 공간으로 점령한다. 보도가 보도다운 시간은 아침 출근 시간 전까지다.

쏘이응오.

쏘이쎄오.

땅콩을 넣어 지은 찹쌀밥 쏘이락Xôi Lạc, 옥수수를 넣은 쏘이응오Xôi Ngô, 녹두를 얹은 쏘이쎄오Xôi Xéo 등 종류도 다양한 하노이의 쏘이들. 그중 쏘이쎄오를 주문한다. 대개 주재료 이름이 쏘이의 이름이 되는데 쏘이쎄오는 예외다. '쎄오'는 비스듬하게 썬다는 뜻이다. 이런 이름이 붙은 이유는 만드는 모습 속에 있다. 포장을 해 달라고 하면 바나나 잎 위에 강황을 넣어 지은 연노란색 찹쌀밥 한 덩이를 올려놓는다. 그러고는 한 손엔 무쇠 칼을 들고 또 한 손엔 노란 덩어리를 척 들어 올린다. 축구공만 한 노란 덩어리는 녹두 소를 크게 뭉쳐 놓은 것이다. 그걸 한 손에 들고 얇게 저미듯 칼로 비스듬하게 쓱쓱 썰어 밥 위에 올린다. 예술적인 손놀림이 리드미컬하면서도 절도 있다. 이제 기름을 살짝 뿌리고 짜봉Chà Bông*을 얹고 마지막으로 튀긴 샬롯shallot**을 아낌없이 과감하게 흩뿌린다. 봉Bông은 '꽃봉오리'라는 뜻이 있는데 정말 쏘이 위에 포슬포슬 꽃이 피었다. 밥, 약간의 기름, 짭조름한 짜봉, 고소하고 바삭한 샬롯 그리고 적당히 달콤한 녹두 소까지 한데 어우러지니 반찬이 필요 없다.

★
오징어채 같지만 사실은 돼지고기다. 살코기 부위를 삶아 두드린 후 결 따라 아주 잘게 찢어서 베트남식 액젓인 느억맘 양념으로 볶아 만든다.

★★
작은 양파처럼 생긴 채소로 주로 얇게 저민 후 바삭하게 튀겨 고명으로 사용한다.

하나둘 쏘이를 사러 온 사람들로 '쎄오' 하는 손길은 점점 빨라지고 녹두를 뭉쳐 놓은 '공'은 점점 작아진다. 하늘에는 녹두를 닮은 노란 해가 높이 떠오르기 시작한다.

한동안은 쏘이쎄오에 빠져 있었는데 요즘은 하노이에 가면 옥수수 찹쌀밥 쏘이응오를 먹는 날이 더 많다. 밥알 사이에서 느껴지는 그 매력적인 식감. 옥수수 알갱이는 껍질을 벗긴 건가 싶을 정도로 부드러운데 탱글함은 살아 있어 씹을 때마다 기분 좋게 톡톡 알갱이가 터진다. 쏘이응오 한 덩이를 받아 들었다. 한 손에 쏙 들어오는 온기. 그리고 곧이어 전해지는 약간의 무게. 쏘이는 바람에 날아가지 말라고 눌러 둔 작지만 묵직한 돌멩이처럼 지난밤 불면의 피곤과 밤새 쓸데없는 걱정들로 헤집어진 머릿속을 가만히 눌러 준다. 힘들었던 밤은 지나갔다고 땅, 땅, 커다란 마침표를 찍어 준다.

어느새 거리에 사람들이 많아졌다. 운동을 하러 나오고, 청소를 시작하고, 아침 장을 보러 총총 발걸음을 옮긴다. 조용했던 거리가 오토바이 소리로 채워진다. 호숫가 벤치에 앉아 쏘이를 싼 바나나 잎을 천천히 푼다. 침이 고인다. 하루가 시작된다.

잠옷 입은 바리스타가 내리는 새벽 커피 한잔
까페쓰어농

수상시장을 보러 가겠다고 숙소를 나선 시간은 5시. 해 뜰 무렵에는 도착해야 복작복작한 시장 풍경을 제대로 구경할 수 있어 서둘러 메콩강Mekong River 지류 중 하나인 바싹강Bassac River으로 출발했다. 상점들의 문이 굳게 닫힌 거리는 아직은 밤이라고 하는 게 맞겠다 싶을 만큼 어두웠다. 5분쯤 달렸을까. 캄캄한 그 길에 불을 밝히고 있는 한 가게를 스쳐 지났다. 얼핏 보니 전깃불이 아닌 모닥불인 듯했다. 나는 그쪽을 돌아보며 오토바이를 운전하는 친구를 불러 세웠다. 순간 그 카페일지도 모른다는 생각이 스쳤기 때문이다. 전날, 쩌우독Châu Đốc 시내에 있다는 오래된 카페를 찾아갔다가 허탕을 쳐 주소가 잘못되었나 했었던 카페. 그곳이 맞다면 더욱 돌아가야 한다. 쩌우독 수상시장 모습이 궁금했지만 새벽의 카페는 내가 베트남에서 사랑하는 것들 중에서도 첫손가락으로 꼽는 것이라 놓치기 싫었다. 우리는 수상시장을 포기하기로 하고 오토바이를 돌렸다. 수상시장을 다녀온 후에 가도 카페 문을 닫지는 않겠지만 그때는 이미 '새벽의 카페'가 아니므로.

우리의 '촉'은 적중했다. 어제 끝내 찾지 못했던 카페가 이 거리로 이사한 것이다. 새벽 5시를 막 넘긴 시간이지만 이미 커피를 마시고 있는 이들이 꽤 많다. 건너편에서 바라본 카페는 마치 망망대해에서 불을 밝히고 길을 인도하는 듬직한 등대 같았다. 손님은 대부분 혼자다. 혼자 있는 사람은 외로워 보이지만

커피를 앞에 두고 홀로인 사람은 고독을 음미하는 듯 느껴지곤 했는데 그 시간
카페에 앉아 있는 모두가 그랬다.

우리는 큰 나무 아래에 놓인, 아주 튼튼해 보이는 돌 테이블에 앉아 뜨거운 연
유 커피 까페쓰어농 Cà Phê Sữa Nóng 을 주문했다. 해가 떠오르고 나면 저절로 아이
스커피를 찾게 만드는 것이 이곳의 날씨지만 새벽만큼은 예외다. 뜨거운 커피
를 마시고 싶어지는 몇 안 되는 시간이다.

나이 든 바리스타가 커피를 끓인다. 우리나라 사람들 눈에는 잠옷이라고밖에 안 보이는 편안한 옷을 입고 있는데 새벽의 카페와 이보다 잘 어울리는 의상은 없을 것 같아 미소가 지어진다. 바리스타는 모닥불 위에 올려 둔 뜨거운 물로 컵을 데우고 연유를 따르고 커피를 드립 한다. 그리고 데운 컵이 식을까 다시 컵을 뜨거운 물에 담가서 손님에게 낸다. 작은 유리잔을 엄지와 검지로 잡고 연유의 양을 세심하게 조절해 따르고 그 위에 커피를 신중하게 붓는다. 커피를 내리는 사이사이에는 모닥불을 살피며 간간이 장작도 채워 넣는다.

새벽에는 대부분의 손님이 뜨거운 커피를 찾으니 그의 손길이 가장 바쁜 시간
이겠다. 덥지 않은 시간이지만 불 옆에서 바쁘게 움직이느라 혼자서만 땀을 뻘
뻘 흘린다. 그 모습만 봐도 그가 얼마나 커피에, 아니 '뜨거운' 커피에 진심인지
알 수 있다. 일련의 과정을 물 흐르듯 수행하는 바리스타를 지켜본다. 뭔가 귀
한 장면을 엿보는 기분이다.

그렇게 심혈을 기울인 커피가 테이블 위에 놓였다. 장기판이 새겨져 있는 테이블은 왠지 '카페는 어른들의 놀이터지'라고 말하는 듯하다. 찻숟가락을 들어 커피를 젓는다. 연유를 살살 조금씩 섞어 가며 단맛을 조절한다. 쓴맛으로 한 모금, 또 적당한 단맛으로 한 모금 그리고 다디달게 한 모금 마시니 금세 잔이 비어 버린다. 당연히 한 잔을 더 주문한다. 또 한 잔의 커피가 나오고 나는 등대 불빛을 따라 무사히 항구에 도착한 선장처럼 안도하며 조금 더 느긋하게 새벽의 커피를 음미한다.

이 카페의 특이한 점은 바리스타가 뜰채처럼 생긴 천 드리퍼로 오직 뜨거운 커피만을 만든다는 것. 아이스커피는 부인으로 보이는 사람이 베트남식 드리퍼인 '핀'Phin을 사용해 내린다. 30년 넘게 카페를 하고 있다는, 누구보다 진지한 모습으로 커피를 만드는 노老 바리스타와 눈 뜨자마자 카페로 달려온 듯한 사람들의 모습을 즐겁고 신기하게 지켜보는 사이 어느새 저 멀리 강 끝에서부터 아침이 온다. 뜨겁고 진하고 달콤한 커피와 함께 맞이하는 쩌우독의 아침. 날이 서서히 밝아지자 사람들은 커피 잔을 내려놓고 한 사람씩 차례로 저마다의 하루를 시작하러 카페를 떠난다. 정박해 둔 배를 타고 출항하는 뱃사람들처럼.

쩌우독은 호찌민Hồ Chí Minh에서 로컬 버스로 6시간을 달려와야 하는 먼 도시지만, 언젠가 이 멋진 새벽을 위해 꼭 다시 오고 싶다. 등대지기처럼 새벽을 지키는 바리스타, 뜨거운 커피에 진심인 바리스타가 있는 이 도시를 벌써 그리워하며 우리는 카페를 나선다.

길모퉁이 그 반미 집
반미씨우마이

어서 아침이 왔으면 좋겠다고 생각하며 잠들었던 때가 언제였을까. 일에 치이고 사람에 치여 지치는 날들의 연속. 다음날로 미룰 수밖에 없는 일은 쌓여만 가고, 잠들기 전 나는 무심코 내일이 제발 천천히 오기를 기도하곤 했다.

달랏Đà Lạt에서 잠들던 어느 날, 나는 혼자 살짝 당황스러웠다. 잠자리에 들며 내가 마음속으로 이렇게 말하고 있었던 것이다.

'아침아, 빨리 오렴.'

365일 피톤치드를 뿜어내는 맑은 숲의 색깔과 냄새로 찾아오는 달랏의 아침 그리고 그런 청량한 아침 풍경 속에 들어 있는 반미씨우마이Bánh Mì Xíu Mại 때문인가 보다. 반미씨우마이를 떠올리며 잠들 때면 아침이 어서 오기만을 기다리는, 내일을 고대하면서 설레는 사람이 된다.

새벽 6시, 얼른 고양이 세수만 하고 그곳으로 향한다. 새벽과 아침의 가운데쯤에서 만날 수 있는 반미씨우마이를 먹으러 간다. 길모퉁이 반미 집에는 나처럼 새날이 오기만을 기다렸다는 듯 서둘러 달려온 사람들로 이미 자리가 없다. 다행히 혼자 앉은 이가 있어 합석을 한다. 세워 둔 오토바이가 자연스럽게 울타리가 되어 주니 처마 밑 노천에 차린 집이지만 아늑하기만 하다.

쌀국수만큼이나 베트남을 대표하는 음식으로 유명한 반미. 가볍게 즐기는
간식이기도 하고 든든한 한 끼 식사가 되어 주기도 한다. 도시마다 미묘하게
차이가 있어 베트남 여행을 더 즐겁게 만들어 주는 반미는 보통 빵 사이에

달걀이나 햄, 소시지, 닭고기나 돼지고기, 절인 야채, 고추와 파 등 여러 재료를 넣어서 샌드위치로 먹는다. 하지만 달랏은 다르다.

이곳의 반미는 따뜻한 씨우마이Xiu Mai 수프와 한 세트다. 씨우마이란 돼지고기를 거칠게 다져 만든 완자다. 국물은 돼지 뼈를 우려낸 뒤 파를 듬뿍 넣어 구수하면서도 산뜻하다. 취향에 따라 고추기름과 갈아 놓은 생고추를 타서 매콤하게 즐기기도 한다. 여기에 반미를 적셔 먹거나 작게 잘라 수프 안에 넣어 숟가락으로 떠먹는다.

씨우마이 수프도 맛있지만 이 집은 거의 달랏 최고의 반미를 맛볼 수 있는 곳이다. 자잘한 크랙이 여기저기 생긴 겉면은 부서질 듯 바삭하고 속은 발효가 충분히 되어 조직이 성글고 가볍다. 반미를 손으로 자를 때마다 바삭한 껍질이 부서져 떨어지니 테이블도 바닥도 부스러기 천지다. 그런데도 전혀 지저분하게 느껴지지 않는다. 즐거운 행사 끝에 뿌린 반짝이 가루 같다. 그렇게 자른 반미를 수프에 푹 적신다.

반미가 스펀지처럼 국물을 흠뻑 흡수해 입에 넣으면 스르륵 녹아 없어진다. 그러니 하나로는 영 부족하다. 먹다 보면 금방 동이 나 버려 여기저기서 반미 추가를 외치는 소리가 들린다. 어느새 나도 반미 하나를 또 주문하고 있다. 저울에 올려도 바늘이 움직이지 않을 것 같은 이 집의 반미는 끝도 없이 먹을 수 있겠다.

파삭, 파삭, 파삭. 반미가 부서질 때마다 들리는 소리는 내 귀에 씩씩하게 하루를 시작하라는 응원가처럼 들린다. 그 소리는 내 안에 숨어 있을지도 모를 무거운 습기를 증발시켜 준다. 그러고 보니 이 집의 반미는 달랏의 특별한 공기를 닮았다. 파랗게 쩽 부서지는 달랏만의 맛있는 공기 말이다.

길모퉁이 반미 집에서 맞이하는 따뜻하고 상쾌한 아침. 커다란 씨우마이 냄비 뚜껑이 열릴 때마다 아침 안개처럼 따뜻한 김이 피어오르고, 길 건너편 시장에는 아침의 활기가 가득하다. 달랏의 하루는 이렇게 시작된다.

달랏에는 여든다섯 살 할머니 바리스타가 있다
반꿰, 까페쓰어농

새벽 5시 30분. 가게 구석에 놓인 조그마한 제단에 향을 피우고, 낡은 창문 옆에 보일 듯 말 듯 붙여 놓은 향꽂이에도 향 두세 개를 꽂아 둔 할머니. 내가 첫 손님일 줄 알았는데 벌써 한 사람이 와 있다. 새벽 5시부터 문을 연다기에 설마 했는데 사실이었다.

"할머니, 까페쓰어농 한 잔이랑 반꿰 하나 주세요."

눈이 마주치자 할머니는 살짝 미소를 짓고는 단출한 커피 도구들이 놓인 테이블로 가서 커피를 내리기 시작한다. 베트남에서 흔히 사용하는 드리퍼, '핀'이 아니다. 핀 방식 이전에 사용하던 대로 천을 이용하고 있었다. 보통 '융 드립'이라고 부르지만 할머니가 사용하는 건 무명이나 광목에 가까워 보이니 그냥 '천 드립'이라고 해야겠다. 새까맣고 진한 핀 커피보다 바디감이 조금 옅고 맑은 천 드립 커피, 까페 벗Cà Phê Vợt을 마실 수 있는 곳이 베트남에서 많이 사라졌는데 여기서 만나다니. 그것도 여든다섯 살 할머니가 내린 커피라니 더 귀하고 반갑다. 고개를 살짝 숙이고 익숙한 손놀림으로 커피를 만드는 할머니의 모습을 가만히 바라보는 것, 이곳에서의 커피 마시기는 거기서부터 시작된다. 할머니는 에스프레소 잔처럼 작은 유리컵에 먼저 연유를 따르고 그 위로 커피를 따른다. 그러고는 발소리도 없이 움직여 까페쓰어농을 테이블로 가져다주신다.

이 특별한 분위기에 이미 취해버린 내게 할머니의 커피는 맛이 없을 수가 없지만, 분위기가 아니더라도 커피 맛은 부드럽고 연유의 양이 적당해서 밸런스도 좋다. 천으로 드립 하는 옛날식 카페에 가면 어떤 곳은 커피 가루가 빠져나와 떠다니는 바람에 입안을 텁텁하게 만드는 경우가 있는데 이곳의 커피는 깔끔하다. 가만히 보니 천을 두 겹으로 겹쳐서 내리는 게 할머니만의 비법인 것 같다. 손님을 배려하는 최고最高의 그리고 최고最古의 바리스타가 있는 이곳. 달랏에서 가장 큰 시장 뒤편에 이렇게 작고 근사한 카페가 있다.

반뀌와 까페쓰어농. 연유와 섞인 커피는 진하고 그윽한 갈색이 된다.

39

적당히 쌉싸름하고 달콤한 까페쓰어농을 한 모금 마시니 달랏의 차가운 새벽 공기도 포근하게 느껴진다. 이제 함께 주문한 반뀌Bánh Quy를 맛본다. 커피 도구가 놓여 있는 테이블 한쪽, 투명한 플라스틱 통에 담겨 있는 반뀌. 할머니는 반뀌가 부서질까 조심스럽게 집게로 꺼내 가져다주신다. 이 낡고 오래된 카페에 서양식 비스킷이라니. 뭔가 안 어울리는 듯도 하고, 이렇게 잘 어울리기 힘들 것 같기도 하다. 손바닥만 한 반뀌를 뚝 자른다. 경쾌하게 바삭 부서진 반뀌를 까페쓰어농에 적셔서 입에 넣는다. 오, 기대 이상이다. 고소하게 잘 구운 비스킷 덕분에 커피 마시는 즐거움이 더 커진다. 언제부터 반뀌를 커피와 함께 팔았는지, 누가 만든 건지는 모르겠지만 할머니의 커피와 반뀌는 묘하게 잘 어울리는 짝이다.

그렇게 오랫동안 달랏을 다녔으면서 매번 이곳을 모르고 지나쳤다니. 그 사이 60년 가까이 이 카페를 운영했던 다른 할머니는 돌아가셨고 그 할머니의 바로 아래 동생인 지금의 할머니가 카페를 지키고 있다. 언제나 관광객들과 현지인들로 북적이는 시장 뒤쪽, 신경 쓰지 않으면 그냥 지나치기 쉬운 허름하고 소박한 카페의 이름은 여전히 '다섯째 할머니 커피'다. 가게 안의 벽에는 돌아가신 할머니 사진이 걸려 있고, 여섯째 할머니는 다섯째 할머니의 뒤를 이어 커피를 내린다. 이제 연세가 많아 손을 약간 떠시지만 일을 하시는 데 큰 불편은 없어 보인다. 손님이 좀 뜸할 때도 앉아 쉬시는 법이 없다. 잠시도 멈추지 않는 할머니의 가늘고 긴 손가락이 테이블을 닦고, 주전자를 닦고, 물건을 가지런히 정리한다. 손님들이 앉을 의자를 바로 놓고, 커피 내린 천을 깨끗이 빨아 말린다. 사이사이 손님이 오면 또 반갑게 맞아 주며 달랏 최고 바리스타의 솜씨를 보여 준다. 사진 속 할머니가 그런 동생의 모습을 지그시 흐뭇하게 바라보는 것 같다.

손님에게 보내는 다정한 눈빛. 커피도 커피지만 아마도 사람들은 할머니의 눈빛과 미소 때문에 이곳을 찾는 게 아닐까. 사람들은 너무나 편안한 모습으로 커피를 마신다. 협소한 공간이라 자리가 많지 않은데 그건 별 문제가 안 된다. 자연스럽게 합석을 하고 먼저 와 있는 아는 얼굴을 만난다. 약속도 없이 각자 따로 오지만 언제나 친구들이 있다. 안부를 묻고 하루하루 살아가는 얘기를 주고받는다. 삶 속에 이런 카페 하나를 갖게 된 사람들은 행운이다. 이들이 그저 부럽다.

장식을 화려하게 붙인 오토바이에 징이 박힌 워커까지 신고 잔뜩 멋을 낸 할아버지가 도착했다. 늘 그런 차림으로 오는 건지 시선을 준 사람은 나 하나뿐이다. 친구들이 전혀 관심을 안 주는데도 할아버지는 익숙한지 서운해하는 표정이 아니다. 어느새 슬쩍 무리에 껴 맛있게 커피를 마시며 얘기에 동참하고 있다. 젊은 손님들도 물론 있지만 대부분은 이 카페와 함께, 할머니와 함께 나이 들어가는 사람들이다. 빠르게 흘러가 버린 그들의 지난 시간이 이 카페에 고여 있는 듯하다. 그러고 보니 벽에 걸린 시계가 아까부터 움직이지

않고 그대로다. 이곳에서는 흐르는 세월 따위 잠시 잊고 있어도 좋다고 말하는 것처럼.

피곤을 쫓을 달콤한 베트남 커피를 마시고 싶은 날, 약속 없이도 오래 사귄 친구를 만나고 싶은 날이면 할머니 바리스타와 그분이 내린 커피, 반뀌를 떠올린다. 그러면 내 마음은 달랏의 그 카페로 달려간다. 조용히 물을 끓여 커피를 내리고 사람들을 따뜻하게 맞아 주는 여든다섯 살 바리스타가 있는 그곳. 작은 나무 의자에 앉아 어서 커피가 나오기를 기다리던 때로 가고 싶다.

P.S. 곱고 아름답게 커피를 내려 주던 할머니는 이제 돌아가셨다고 한다.
한 번쯤은 더 그 커피를 마실 수 있는 행운이 있을 줄 알았는데.
지금쯤 하늘에서 다섯째 할머니를 만나 커피 이야기로 회포를 풀고 계시려나.
이제는 없는 할머니의 커피가 그립다.

호이안에는 열두 달 내내 화이트 로즈가 핀다
반바오반박

세상 어딘가에는 '아름다운 간식 선발 대회' 같은 것도 있을까.

그런 대회가 열린다면

각 나라 대표 선수로 출전할 음식은 어떤 것들일까.

과연 그랑프리는 누구에게 돌아갈까.

색색의 프랑스 마카롱일까, 그림 같은 일본 화과자일까?

우리의 곱디고운 화전과 다식도 높은 점수를 받겠지?

어딘가에 있을 이 세상 모든 아름다운 간식들의 경합.

상상만으로도 눈과 입이 즐거워진다.

만일 내가 그 대회의 심사위원이라면

나는 주저 없이 이 음식에 일등을 줄 테다.

정식 이름은 반바오반박Bánh Bao Bánh Vạc.

별명은 반화홍짱Bánh Hoa Hồng Trắng.

베트남어보다 더 많이 알려진 영어 이름은

반화홍짱을 번역한 화이트 로즈.

이렇게나 예쁜 장미꽃이 베트남 중부 호이안Hội An에 있다.

쌀가루로 빚는 반죽은 꽃잎이 되고,
돼지고기와 새우 살을 곱게 다져 만든 소는
영락없는 꽃술이 된다.
손으로 쫑쫑쫑 눌러 순식간에
피를 동그랗게 늘리고 소를 넣는데 넣는 방식이 독특하다.
가운데에 소를 쿡 찔러 넣고 반만 감싼다.
새우 살을 넣은 뒤 꽃잎이 더 예뻐지도록
살살 매만지는 모습은
음식이 아니라 진짜로 꽃을 빚는 것 같다.

너무나도 뽀얗게 반짝여 눈이 부신 반죽은
김에 쪄 내면 거의 투명해진다.
살짝 주름진 꽃잎을 젓가락으로 집어 올리면
반투명한 피 너머로 호이안의 거리 풍경이 비친다.

나는 이 장면을 좋아한다.
이렇게 고풍스럽고 아름다운 도시를 배경으로
이렇게 예쁜 화이트 로즈를 허공에서 겹쳐 보는 이 순간.
마치 꽃잎이 떨어지다 멈춘 듯한 그 풍경.

반바오반박을 먹는다.
쫄깃하면서도 부드러운 쌀 피에
소가 적게 들어가 무겁지 않고 산뜻하다.
느억맘 소스에 살짝 찍어 먹으면
정말 꽃잎이라도 먹은 양 기분이 환해진다.
그윽하고 우아한 꽃 내음이 풍기는 듯하다.

다낭이 관광지로 유명해지면서
근처에 있는 호이안에도 많은 관광객이 몰렸다.
세계 문화유산인 구시가지는 더 복잡해졌지만
다행히도 변하지 않는 것들이 있다.

여행자들이 아직 숙소에 있을
새벽과 아침 사이의 시간은
여전히 그곳 사람들의 시간이다.
구시가지는 고즈넉하기만 하고
문 닫힌 상점 앞에서는 아침 국수를 팔고
강변을 따라 서는 시장에는
떠들썩하고 기분 좋은 활기가 넘친다.

그리고 이 아름다운 음식,
반바오반박 또한 그대로다.
화이트 로즈가 열두 달 내내 피는
호이안이 나는 여전히 좋다.

에그머니나! 에그 커피

까페쫑

들고 있으면 절로 흐뭇해지는 대화들이 있다. 거창한 의미가 담긴 것도, 달콤한 비유가 들어간 것도 아닌데 들으면 그냥 좋은 아주 보통의 대화들. 가령 '반숙이 좋아, 완숙이 좋아?'처럼 말이다.

이렇게 누군가는 묻고 누군가는 답하는, 지극히 평범한 문장과 이 문장이 들어 있는 장면을 떠올리면 어디선가 아침 햇살이 비친다. 기름을 살짝 두른 프라이팬 위에서 막 깨 넣은 달걀이 지글거리고, 뒤집개를 들고 서 있는 사람이 옆에 있는 이의 취향을 살피려고 심상하게 말을 건네는 어느 아침. 달걀노른자는 마치 태양처럼 높이 떠올라 두 사람이 서 있는 공간을 환하게 비춰 주는 것 같다.

그런 대화를 만들어 주는 달걀노른자를 좋아한다. 병아리 같고 프리지어 같은 노란색도, 흰자와 분리할 때 손에 닿는 보드랍고 탱글탱글한 감촉도 마냥 좋다. 떡국 위에 얹을 노른자 지단을 썰 때의 느낌은 또 얼마나 매끈한지. 육회나 비빔밥 위에 얹은 노른자, 스키야키를 찍어 먹는 노른자까지. 노른자는 허허 웃으며 누구에게나 잘해 주는 성격 털털한 사람처럼 안 어울리는 자리가 별로 없다. 그리고 오늘은 여기에 또 하나의 색다른 조합을 추가한다.

커피가 식을까 따뜻한 물이 담긴 그릇 안에 잔을 담가 준다.

커피와 노른자!

달걀노른자가 커피 속으로 들어갔다. 우리에게 쌍화탕에 띄운 노른자가 있
듯, 베트남 하노이에는 달걀노른자로 만드는 '마신다'보다 '먹는다'가 어울
리는 에그 커피 까페쯩 Cà Phê Trứng 이 있다.

달걀이라고 말하기 전에는 눈치 못 챈다. 마치 거품이 조금 무거운 카푸치노 느낌도 난다. 거품 색이 희지 않고 연한 레몬 빛을 띠지만 그래도 대개는 카푸치노라고 믿을 것이다. 심지어 거품을 한 입 떠먹고 나서도 바로 알아채기 어렵다. 맛은? 에그머니나! 예상외다. 전혀 비리지 않고 달콤하고 고소하다. 노른자에 설탕과 연유를 넣고 블렌더로 돌리면 고운 거품이 만들어지는데 이걸 커피 위에 얹기도 하고 거품을 먼저 담고 나서 그 위에 커피를 따르기도 한다.

나는 이 특별한 커피를 하노이 근교 도자기로 유명한 밧짱 마을에서 처음 만났다. 여기저기를 구경하다 골목 안 구멍가게에 에그 커피라고 쓰여 있길래 신기해서 들어가 봤다. 도대체 어떤 커피일까 주문하고 지켜보는데 주인이 노른자를 풀기 위해 거품기가 아닌 공업용 드릴을 돌리는 것이다. 재료가 노른자라는 것도 신기한데 드릴이라니. 하긴 거품을 내는 게 핵심이니 도구야 무슨 상관이랴. 고정관념을 확 깬 '드릴 에그 커피'는 의외로 꽤 맛있었다. 그 후에 에그 커피 원조가 하노이에 있다는 것을 알게 되었다.

1946년에 문을 열었다는 까페 장Cà Phê Giảng은 하노이의 전설적인 올드 카페 중에서 남아 있는 몇 안 되는 카페다. 한 사람씩 들어가야 통과할 수 있는 좁고 어둡고 기다란 골목이 카페 입구다. 입구에 들어서는 순간 이런 곳에 무슨 카페가 있다는 건가 싶어진다. 그렇게 발걸음을 옮기다 보면 오래된 흑

백 가족사진이 걸린 1층을 지나 2층으로 올라가는 계단을 만난다. 그러면서 시야가 갑자기 환해진다. 마치 과거로 들어가는 비밀 통로 같은 입구가 좋아서, 또 옛 카페의 모습을 그대로 간직하고 있다는 자체가 귀해서 하노이에 가면 꼭 한 번씩 들른다. 세월을 비껴간 카페에 앉아 에그 커피 한 잔만큼 과거의 시간을 즐기고 나온다.

프랑스 식민지 시대, 호텔에서 셰프로 일하며 카푸치노를 처음 본 1대 사장님은 어느 날 카푸치노를 만들어 보기로 한다. 사람들에게 그 맛을 전해 주고는 싶은데 우유는 비싸서 쓸 수가 없었다. 그래도 포기하지 않고 대체할 수 있는 재료를 찾던 중 달걀을 생각해 냈다. 그렇게 희한하고도 맛있는 에그 카푸치노가 완성된 것이다. 이제 70살을 훌쩍 넘은 에그 커피는 그렇게 탄생해 지금까지 현지인들에게, 하노이를 찾는 여행자들에게 사랑을 듬뿍 받고 있다.

그건 그렇고, 지금까지 그 오랜 세월 동안 장 카페에서는 과연 몇 개의 달걀을 깼을까. 기네스북에 오르고도 남을 만한 숫자가 아니려나. 또 노른자만 쓰고 남겨진 그 수많은 흰자들은 어떻게 됐을까.

그리운 그해 설날 아침

반쯩잔

언제부터 하노이에서 반쯩잔Bánh Chưng Rán을 팔았던 걸까. 특별한 설음식 반쯩이 언제부터 당당히 일상 간식이 된 건지 궁금해졌다. 대를 이어 하는 유명한 노점이 30년쯤 되었다니 최소 30년 전부터는 팔고 있었을 텐데 왜 전에는 눈에 띄지 않았을까. 지금에라도 발견해서 얼마나 다행인지 모른다. 이제 나도 신나게 맛있게 반쯩잔을 즐긴다.

반쯩은 찹쌀 안에 녹두와 지방이 많은 돼지고기를 넣고 바나나 잎과 비슷하게 생긴 정Dong이라는 잎에 싸서 10시간 동안 찌는 음식이다. 그렇게 시간과 정성을 들여 오래오래 찌기 때문에 완성이 되면 찹쌀은 거의 낱알이 안 보이고, 돼지고기는 녹다시피 흐물흐물 녹두 속에 스며든다. 찹쌀과 녹두에 돼지고기가 더해져 꽤나 묵직한 맛을 낸다. 색은 고운 연둣빛이다. 잎에 싼 채로 오랜 시간 찌는 동안 찹쌀은 서서히 연둣빛으로 물든다. 가로 세로가 거의 20cm쯤 되는 정사각형의 반쯩은 설날 아침 가족들이 모여 앉아 케이크처럼 여러 조각으로 나누어 먹는다.

반쫑의 부드러운 식감은 잔Rán*을 하고 나면 달라진다. 안쪽의 부드러움은 그대로 유지되지만, 겉을 감싼 찹쌀은 기름에 튀겨지면서 새로운 매력을 얻는다. 누룽지처럼 바삭바삭하면서 동시에 쫀득쫀득하다. 노릇노릇 잘 지져낸 반쫑잔을 가위로 툭툭 자른 뒤 간장이나 칠리소스를 뿌려서 새콤달콤하게 절인 야채와 함께 먹는다. 원래는 커다란 반쫑을 얇게 잘라서 튀겼는데, 요즘은 아예 원래 반쫑의 1/5 정도 되는 미니 반쫑을 만들어서 쓰는 곳이 더 많다.

반쫑잔을 파는 상인들은 신기하게도 하나같이 프라이팬이 아닌 알루미늄 쟁반을 사용한다. 만드는 모습을 보면 그 이유가 바로 이해가 된다. 튀기는 것이 아니라 부침개를 부치듯 반쫑이 살짝 잠길 정도로만 기름을 자작하게 넣고 지지니 깊은 팬이 필요 없다. 또 다 익은 반쫑잔을 쟁반 바깥쪽 살짝 높은 가장자리에 올려 두면 기름은 빠지고 따뜻함은 유지된다.

★
기름에 지지거나 튀기는 조리법.

56

앤티크 느낌의 이 쟁반은 베트남에서 단순히 음식 그릇을 담아 나르는 도구 이상의 의미를 지닌다. 멈Mâm이라고 부르는 쟁반에는 베트남의 옛 문화가 담겨 있다. 밥과 국과 반찬 한두 가지. 그렇게 소박한 음식을 쟁반에 담아 바닥에 놓으면 그 자체로 상이 되고, 사람들은 쟁반 모양처럼 동그랗게 둘러앉아 식사를 했다. 서로의 밥그릇에 다정히 반찬을 놓아 주며 밥을 먹는 정겨운 풍경 속에 그 쟁반이 있었다. 반쯩잔이 설날의 전통 음식인 반쯩과 베트남 문화의 한 부분인 멈의 합작품이라고 생각하니 이 간식이 좀 멋지게 보인다.

하노이 구시가지 어느 거리에서 반쯩잔을 먹는다. 고소한 냄새와 지글지글 소리가 또 나를 유혹했다. 바삭하고 쫄깃한 찹쌀의 식감, 돼지고기와 녹두가 빚어낸 독특한 구수함. 뜨거운 반쯩잔을 호호 불며 천천히 음미하는 동안 나는 잠시 어느 새해 아침으로 돌아간다. 베트남에서 2년을 살다 한국에 돌아온 나는 향수병에 걸린 사람처럼 그곳을 잊지 못하고 지내다가 결국 다시 베트남으로 떠났다. 4년 만이었다. 마침 새해 즈음이었는데 예전에 가르쳤던 '프엉'이라는 학생이 설날 아침 식사에 나를 초대했다. 혹여나 내가 쓸쓸히 설날을 보낼까 걱정했나 보다. 부모님과 동생 둘 그리고 '오싱'이라는 이름의 강아지가 있던 프엉의 집. 도착하니 벌써 설날 상이 차려져 있었다. 상 가운데에 놓인 연두색 반쯩을 보자 내가 정말 베트남에서 설을 맞이하고 있다는 실감이 났다.

반쫑잔을 먹을 때면 언제나 그날 아침의 테이블을 환하게 만든 예쁜 반쫑과 반쫑을 나눠 먹으며 서로의 건강을 빌고 새해를 축하하던 따뜻한 시간이 저절로 떠오른다. 그날의 모든 것들이 다시 시작하는 나의 베트남 생활을 축복해 주는 듯했다. 또렷하게 그려지는 그날의 풍경은 떠올리고 또 떠올려도 그립기만 하다. 보고 또 봐서 다 외워버린, 그저 좋기만 한 영화의 한 장면처럼.

그때로부터 또 세월이 많이도 흘렀다. 서로에게 사랑이 넘쳤던 프엉 가족은 어떻게 지내고 있을까. 올해도 맛있는 반쫑을 만들어 식구들과 나누려나. 오랜만에 안부를 전해야겠다. 설날이 되면 베트남 어디서나 누구하고나 주고받던 기분 좋은 그 새해 인사를.

Chúc Mừng Năm Mới!
쭉 뭉 남 머이!

사이공의 아침 순례길

반미짜오, 까페다

지금 살고 있는 이 시간이 아닌 다른 시공간으로 여행을 떠나 보고 싶은 아침이 있다. 호찌민에 머무는 동안 그런 기분이 드는 날이면 나는 65살 반미집을 들러 85살 카페까지 나만의 아침 순례를 떠난다.

순례길의 첫 번째 목적지는 '반미 호아마'Hòa Mã. 골목 초입 한쪽 벽에 일렬로 놓아둔 테이블마다 사람들이 앉아 있다. 그리웠던 반미 호아마의 풍경은 코로나 이전과 다름없다. 관광객들이 차지해 버린 1군에 있는 유명한 반미집들과 달리 여전히 현지 손님들로 북적인다. 자리가 나기를 잠시 기다렸다가 이 집의 시그니처인 반미짜오Bánh Mì Chảo*를 시킨다. 흔히 보는 바게트 샌드위치가 아니다. 반미와 야채 절임은 따로 주고 동그란 팬에 달걀 프라이와 잠봉, 빠떼, 돼지고기를 갈아서 만든 베트남 소시지 그리고 볶은 양파를 함께 담아서 낸다.

★
짜오는 '프라이팬'이라는 뜻이다.

반미가 예전과 달리 묵직해지고 있지만 이 집은 여전히 구름처럼 날아갈 듯 가벼운 반미를 쓴다. 사람들은 저마다의 방식으로 반미짜오를 즐기지만, 거의 다 먹어갈 무렵 터진 노른자를 반미로 싹 훑어 팬을 깨끗하게 비우는 모습은 모두가 비슷하다. 천천히 빵을 뜯고 동그란 팬을 가득 채운 내용물을 먹으며 분주한 아침을 여유 있게 즐긴다. 배경 음악은 바로 옆에 붙어 있는 초등학교 아이들의 재잘거리는 소리다. 쉬는 시간인지 밖으로 쏟아져 나와 귀가 따가울 정도로 떠드는 소리가 우렁차다. 나도 덩달아 이 하루를 좀 신나게 시작해 봐야겠다고 마음먹게 된다.

반미 호아마가 문을 연 해는 1958년. 제1차 인도차이나 전쟁은 끝이 났고, 베트남전은 아직인 그해 이곳은 어떤 모습이었을까. 그때는 어떤 이들이 이 가게에 와서 아침을 먹고 학교로, 일터로 떠났을까 상상하며 발걸음을 옮긴다. 66년 된 가게에서 반미를 먹었으니 이제 조금 더 과거로 걸어 들어가 본다.

86년 된 카페 '쩨오레오'까지는 지도상으로 걸어서 10분쯤이다. 조금만 걸어도 땀이 비 오듯하는 날씨라 그 정도도 걷기가 쉽지 않지만 가는 길에 오래된 아파트와 시장이 있어서 구경하는 재미가 있다. 흥정하고 호객하는 소리가 가득한 아침 시장의 활기를 온몸으로 느끼면서 걷다 보면 어느새 카페에 닿는다. 골목 안쪽에 여든여섯 살을 맞은 카페 쩨오레오가 작고 예쁜 간판을 달고 언제나 그랬듯이 거기에 있다.

약탕기처럼 생긴 주전자가 그려진 하늘색 간판을 보니 다행히 이곳도 코로
나를 잘 넘겼구나 싶어서 안도감이 먼저 든다. 역사가 긴 카페라는 점 외에
도 이 집에는 다른 곳에서는 보기 힘든 특별함이 있다. 대부분의 옛날식 커
피집들이 그렇듯 쩨오레오도 커피를 천으로 드립 한다. 카페를 처음 연 해인
1938년부터 사용했다는 오래된 화로에 탄불을 피워 물을 끓이고 커피를 내
려 약탕기에 담는 것이다. 왠지 커피가 보약처럼 몸에 좋을 것 같은 느낌이
들어 마실 때 더 즐겁다.

한바탕 손님들이 빠져나가고 노인 두 분이 담소를 나누고 있다. 저분들은 언제부터 이곳에 와서 커피를 마셨을까. 이런 아침을 몇 번이나 맞이하며 긴 세월을 견뎠을까. 이런저런 생각을 하며 그들의 모습을 지켜보는 사이 관광객 한 팀이 왔다 가고 카페는 다시 조용해진다. 오늘은 늘 고집하는 뜨거운 커피가 아닌 아이스커피 까페다Cà Phê Đá를 시켰다. 이슬이 맺힌 컵에 달그락 달그락 얼음 부딪치는 청량한 소리가 과거로 가는 주문처럼 느껴진다.

몇 년 만에 방문한 카페는 조금은 현대식으로 바뀌었지만 그을음으로 거뭇거뭇한 낡은 천장은 그대로다. 오래 입어 솔기가 나달나달해졌어도 편해서 버리지 못하는 잠옷처럼 쩨오레오는 여전히 나를 편안하게 감싸 준다. 한쪽에 놓인 긴 나무 의자는 카페 식구들용이다. 직원들이 휴식을 취하기도 하고 가족들이 와서 이야기를 나누기도 한다. 사람들이 들어오고 커피를 마시고 잠시 앉았다 나가는 풍경이 카메라를 고정해 두고 긴 시간을 지켜보는 영화 속 한 장면처럼 아련하다. 감겨 있던 86년 세월의 타래가 천천히 풀어진다. 반짝이는 불빛을 의미한다는 '쩨오레오'라는 이름처럼 평소에는 잘 사용하지 않던 어떤 감정에 반짝 불이 켜진다.

호찌민에서 가장 오래된 반미집을 거쳐 가장 오래된 카페까지 이어진 나만의 아침 순례길. 이런 아침에는 호찌민을 옛 이름으로 부르고 싶어진다. 누군가에게 '나는 지금 사이공에 와 있어'로 시작하는 긴 편지를 띄우고 싶다.

메콩강 끝에서 만난 작은 디저트
반버톳놋

'풋.' 반버톳놋Bánh Bò Thốt Nốt을 앞에 두고 나는 웃음을 터뜨렸다. 고작 손가락 두 마디 정도의 요 작은 녀석을 만나려고 버스를 6시간이나 탔나 싶어서 말이다. 과연 이게 그렇게까지 '강추'할 음식이란 말인가. 쩌우독 여행 정보를 얻기 위해 찾아본 기사와 베트남 유튜브 영상마다 등장하는 그 음식. 쩌우독에 가면 뭘 먹어야 하냐고 물었을 때 베트남 친구들이 하나같이 입 모아 추천하던 그 음식. 바로 '반버톳놋'이다. 쩌우독에 도착하니 정말로 어디를 가도 반버톳놋이 보였다. 시장 앞에서도, 유명한 관광지 입구에 늘어선 노점에서도 상인들이 반버톳놋을 외치며 발걸음을 붙잡았다.

이리도 유명세를 떨치고 있는 반버톳놋. 나는 급한 마음에 가장 먼저 눈에 띄는 걸로 냉큼 한 봉지를 샀다. 시장 입구에 있는 가게였다. 한껏 부푼 마음으로 노란색이 예쁜 반버톳놋을 바로 한 입 베어 물었는데 '아, 이건 아닌데' 싶었다. 만든 지 오래되어 그런 건지 원래 그런 맛인지 겉은 딱딱하고 속은 푸석푸석했다. 매력을 전혀 느낄 수 없었다. 역시 소문난 잔치에는 먹을 것이 없는 걸까. 이럴 리가 없는데, 이럴 리가 없는데……. 실망을 안고 돌아서면서도 나는 미련을 버리지 못했다.

모양은 이렇게나 예쁜데 실망을 안겨 준 첫 번째 반버톳놋.

쩌우독은 생선 젓갈로도 유명한 도시다.

71

두 번째 반버톳놋은 의외의 장소에서 만났다. 남부 베트남의 유명한 관광지인 삼산에 오르는 케이블카를 탄 날이다. 하차장에 도착해 정상을 향해 걸어가는데 산길 모퉁이에서 케이크처럼 생긴 무언가를 팔고 있었다. 코코넛 밀크로 하얗게 덮인 그것을 힐끗 쳐다보니 시식을 권했다. 반버톳놋이라면서 말이다. 반버톳놋은 조그맣게만 만드는 줄 알았는데 꼭 그런 건 아닌가 보다. 나는 별 기대 없이 받아 든 한 조각을 입에 넣었다.

'아, 이거다!'

그럼 그렇지. 반버톳놋에 대한 요란한 찬사가 이해되는 순간이었다. 빵과 떡, 어느 쪽도 아니다. 독특한 식감이다. 우리나라의 술떡과 닮은 부분이 있고, 당근케이크의 식감과도 비슷한데 조금 더 쫄깃하고 탱글탱글하다. 향은 더 근사했다. 씹을 때마다 입안 가득 퍼지는 달콤한 향기가 한창 땀 흘리고 있던 몸과 마음의 공기를 단번에 바꿔 준다. 드디어 제대로 된 반버톳놋을 만났다.

이후 반버톳놋과의 만남은 쩌우독에 머무는 동안 계속 이어졌다. 호텔 조식 뷔페에 나온 호두과자처럼 동그란 반버톳놋도 맛이 그만이었다. 연한 노랑과 연두색의 반버톳놋은 코코넛 밀크를 뿌리지 않고 먹어도 충분히 향긋했고, 안에 코코넛 과육을 잘라 넣어 씹는 맛도 좋았다.

반버톳놋의 '반버'는 폭신폭신한 스펀지 빵을 의미하고, '톳놋'은 야자의 한 종류로 쩌우독이 속해 있는 안장성의 특산품이다. 일반 야자보다 크기가 작고 색이 검은데 껍질을 까면 밤처럼 속껍질에 싸인 하얀 과육이 나타난다. 과육은 썰어서 음료로 먹는다. 그리고 톳놋 나무의 꽃대 부분을 자르면 달콤한 수액이 나오는데 이것을 받아 오래 끓이고 졸여서 작은 치즈 덩어리 같은 모양의 '톳놋 설탕'을 만든다. 반버톳놋은 바로 이 특별한 설탕을 넣어서 만드는 폭신한 식감의 빵이다. 만드는 방법은 여러 가지가 있지만 톳놋 설탕만은 어떤 레시피에도 꼭 들어간다.

메콩 델타의 디저트, 반버톳놋. 드넓은 초록 논 사이에 핀 노란색 꽃을 떠올리게 하는 간식. 이제 누군가 쩌우독에 무엇이 있냐고 물으면 제일 먼저 반버톳놋이 있다고 답할 것 같다. 메콩강을 따라 내려가면 이 사랑스러운 디저트를 만날 수 있다고.

▲ 반버톳놋의 재료인 톳놋.
▼ 톳놋 과육으로 만든 음료.

Part 2.

아침과
점심 사이

학교 다닐 때 보물찾기는

영 젬병이었으면서

보물 같은 간식은 잘도 발견한다.

멀고 먼 그곳까지 구름 타고 가요
반가오느엉

소수 민족으로 사는 삶이란 어떤 것일까? 만약 그 수가 점점 줄어 세상에 두 사람만 남는다면 이 지구에서 오직 둘만의 언어로 소통하게 되는 것이려나? 누구도 풀 수 없는 신비로운 암호가 되려나? 소수 민족의 삶을 보러 가는 여행길엔 늘 이런저런 상상의 나래가 펼쳐진다. 베트남 북부 고원의 아주 작은 소수 민족 마을, 사핀Sà Phìn. 오지의 비밀스러운 아름다움을 간직한 그곳을 보러 가는 길이 쉬울 리가 없다. 시간과 정성을 들이지 않으면 볼 수 없음이 당연한지도 모르겠다. 하노이에서 하장Hà Giang을 거쳐 동반Đồng Văn까지 가는 데 보통 이틀이 걸린다. 동반에서 다시 일박을 할 수밖에 없는 이유는 사핀 시장은 상설 시장이 아닌 6~7일에 한 번씩 열리는 비정기적인 장이고, 게다가 오전에만 반짝 서기 때문이다.

하노이를 떠난 지 3일째 되는 날. 드디어 사핀 시장을 보기 위해 어두컴컴한 새벽에 오토바이를 타고 숙소를 나선다. 실루엣만 겨우 보이던 카르스트 지형의 동글동글한 봉오리들이 떠오르는 태양빛에 서서히 저마다의 모습을 드러내고, 이른 아침 고원의 바람은 더없이 신선하다. 하늘을 물들여 가는 아침노을이 근사하지만 느긋하게 감상할 시간이 없다. 꼬불꼬불 산길에 익숙한 현지 사람들은 오토바이를 빠르게 몰아 나를 앞질러 가고, 어디에서 출발한 건지 하염없이 걸어가는 꼬마 삼총사는 날아갈 듯 가볍게 걸어간다. 똑같은 주름치마가 똑같은 방향으로 명랑하게 흔들린다. 아이들의 마음도 그렇게 살랑이고 있을 게 분명하다.

꽤 달렸는데도 시장이 안 나온다. 이 산 중에 정말 있기는 한 건가 의심이 들려고 할 때마다 길잡이처럼 나타나는, 확신에 찬 발걸음으로 성큼성큼 걸어가는 사람들이 없었다면 우왕좌왕했을 것이다. 하긴, 이 길이 차가 다닐 수 있는 유일한 길인데 틀릴 리는 없다. 긴가민가 1시간 정도를 달리니 정말 생뚱맞은 건물 하나가 나온다. 사핀 시장Chợ Sà Phìn이라고 쓰여 있다. 드디어 그토록 오고 싶었던 곳에 도착했다. 이 깊은 산속에 건물이라니. 하늘로 난 듯한 계단은 꼭 영화 〈트루먼쇼〉 마지막 장면에 나오는 계단을 생각나게 했다. 주인공이 밟고 올라가 진짜 세상으로 나갔던 그 계단.

나는 〈트루먼쇼〉의 주인공처럼 천천히 계단을 밟고 올라갔다. 어떤 풍경이 펼쳐져 있을까 두근거리며 올라간 그곳에는 정말 또 다른 세계가, 별천지가 펼쳐져 있었다. 7시도 안 된 그 이른 시각. 휙 둘러보면 주변은 모두 산이고 계곡이다. 오토바이를 타고 오는 동안에도 동네라고 할 만한 곳을 별로 못 봤는데 이 많은 사람들이 어디에 숨어 있다가 짠하고 등장한 것일까.

CHỢ SÀ PHÌN

눈부시게 파란 하늘, 그 하늘과 대비되어 더 화려해 보이는 소수 민족 여인들의 옷차림, 조악하지만 색깔만은 더없이 화사한 물건, 직접 키워서 가지고 나온 싱싱한 농산물. 북적북적 점점 더 많은 사람들이 모여들기 시작한다. 자기가 가진 옷 중에서 가장 멋진 옷을 입고 나온 듯한 사람들은 런웨이를 걷는 모델 같다. 이곳에도 시대의 바람은 피해 갈 수 없어 이제 나일론으로 만든 공장제 소수 민족 옷을 판다. 나일론이지만 자기 민족의 정체성을 포기하지는 않았다. 공장에서 찍어 낸 옷이니 다 거기서 거기일 텐데도 고르고 또 고르는 할머니, 옆에서 그런 모습을 싫증도 내지 않고 사랑스럽게 지켜보는 할아버지, 딸에게 분홍색 샌들을 신겨 보는 엄마, 아이스케키를 사 먹느라 정신없는 아이들.

시장 뒤쪽에는 쌀국수 가게들이 문전성시를 이루고 메밀이며 쌀가루로 빚어 만든 소박한 간식을 파는 노점상들의 손길도 바쁘기만 하다. 정말 장날마다 매번 이런 풍경이 펼쳐지는 것일까. 옷 디자인으로 보아 서너 민족이 모인 것 같다. 아, 좀 전에 오토바이를 타고 오면서 지나쳤던 꼬마 삼총사도 막 도착했다.

한참을 서서 탄성만 내뱉던 나는 시장을 둘러보기 시작했다. 소수 민족 사람들 틈에 끼어 앉아 뜨끈한 쌀국수 한 그릇을 사 먹고, 소수 민족 옷을 구경하고, 풋복숭아를 사고, 간식으로 반가오느엉 Bánh Gạo Nướng도 산다. 반가오느엉

83

은 폭신하게 찐 떡을 숯불에 굽는 음식이다. 숯불이 자꾸 사그라들어 부채질
하는 손을 멈추면 안 될 거 같은데 주인은 연신 웃으며 옆 친구와 얘기를 나
누느라 정신이 없다.

그래도 다행히 잘 구워졌다. 구름처럼 하얗게 부푼 따뜻한 반가오느엉. 구
름 한 조각을 넣어 만든 빵을 먹고 하늘을 나는 이야기를 담은 동화 속 '구름
빵'이 생각났다. 카르스트 지대의 동글동글한 산이 배경이 되어 주니 반가오
느엉은 영락없는 흰 구름이다. 두 손바닥을 합친 크기만 한 반가오느엉을 들
고 잠시 소수 민족 사람이라도 된 듯 시장을 걷는다. 특별한 맛은 아니지만

폭신폭신 식감이 좋은 반가오느엉을 조금씩 떼어 먹으니 정말 하늘로 두둥실 떠오를 것만 같다. 구름의 맛이 이러려나.

사핀 시장은 6~7일마다 열린다고 했으니 이들은 일주일마다 이렇게 축제를 즐기는 것이다. 필요한 물건 한두 가지를 사고, 국수를 먹고, 친구를 만나며 보내는 소박하지만 특별한 하루. 이 행복한 모습을 보러 오길 잘했다. 먼 길을 달려온 사흘의 피로가 싹 사라졌다.

정오가 가까워진 무렵. 서서히 사람들이 빠지기 시작한다. 어디서 왔는지 모를 사람들은 또 어디론가 하나둘 사라진다. 나도 곧 숙소가 있는 동반 읍내로 돌아갈 채비를 한다. 뭔가 비현실적인 시장을 뒤로하고 달리던 나는 살짝 뒤를 돌아봤다. 시장 건물이 신기루처럼 사라지고 없는 건 아닐까 불안한 마음으로 돌아보니 하얀 건물의 꼭대기가 눈에 들어온다. 사핀 시장은 거기에 정말 존재한다. 오토바이 앞쪽 고리에 걸어 둔 반가오느엉을 담은 봉지가 오늘을 증명이라도 하듯 바람에 흔들흔들 흔들린다.

국경 마을 최북단 카페로 가는 길
쏘이응우삭, 짜쓰어맛차

"베트남 북쪽 끝 산속에 맑은 날이면 중국이 보이는 마을이 있대. 그리고 거기 아주 작고 아름다운 카페가 있대."

누군가에게서 들은 이 말로 룽꾸Lũng Cú 마을을 찾아가는 여행은 시작되었다. '북쪽 끝', '국경 마을 카페'. 여행자의 가슴을 뛰게 하는 단어들을 듣는 순간 꼭 가 보리라 결심했었다. 전날 새벽부터 사핀 시장을 다녀오느라 피곤이 남아 있었지만 날이 밝자마자 벌떡 일어나 숙소를 나선다. 동반에서 룽꾸 마을까지는 오토바이로 2시간. 드디어 그토록 가 보고 싶던 그곳으로 향하는 날이다. 가는 길이 험난해 시간을 넉넉히 잡아야 한다. 길의 폭이 좁은 데다 급경사에 오르락내리락을 반복하고 포장이 안 된 구간도 많다.

국경의 작은 마을이라 도착해도 마땅한 식당이 없을까 불안한 마음에 룽꾸로 떠나기 전 부랴부랴 간식거리를 찾으러 다녀 보지만 이른 시간이라 마땅치가 않다. 싸구려 과자라도 사 둬야 하나 생각하며 거리를 헤맬 즈음 저쪽에서 뭔가 나를 이끄는 강한 기운이 느껴졌다. 보자기를 덮어 둬 뭘 파는지 보이지는 않지만 이런 감은 틀림이 없다. 멀리 있는 나를 주시하며 지긋한 미소를 짓고 있는 여인은 보자기를 젖힐 준비를 하며 내가 가까이 다가오기를 기다린다. 살살 흔들다가 확 젖혀 버리면 꼭 비둘기가 나타나는 마술을 선보이는 마술사 같다. 그렇게 여인은 보자기를 자랑스럽게 들어 올렸다. 꽃인가? 꽃이다. 그야말로 '밥꽃'이 활짝 피었다.

색색으로 물들인 오색 찹쌀밥 쏘이응우삭Xôi Ngũ Sắc. 보라, 주황, 노랑이 먼저 눈에 들어온다. 이렇게 놀랍도록 밝고 컬러풀한 색깔의 밥은 처음이다. 쏘이응우삭은 소수 민족 여인들의 옷차림처럼 화려하고 눈부시다. 마치 조명을 받은 것처럼 빛난다. 놀라운 사실은 이 화려한 색감이 모두 인공 색소가 아닌 천연 식물에서 왔다는 것이다. 이른 새벽 시장에 내다 팔 이 아름다운 참

쌀밥을 만들기 위해 자연에서 얻은 색색의 물로 밥 짓는 장면을 상상해 본다. 밥이 다 되어 냄비 뚜껑을 열어젖힐 때 모락모락 피어올랐을 김에도 알록달록한 색이 어려 있었을까. 김이 걷히며 드러났을 이 멋진 빛깔. 고단한 새벽의 노동이지만 그 순간 여인은 미소 지었을 것이다.

운 좋게 이 아름다운 간식거리까지 챙겼으니 룽꾸행도 문제없겠다. 든든한 마음으로 오색 찹쌀밥 쏘이응우삭을 들고 신나게 오토바이에 오른다. 꼬불꼬불 울퉁불퉁한 산길을 달린다. 날씨가 좀 도와주면 좋으련만 비가 흩날리고 안개도 자욱하다. 동그랗게 솟아 있는 봉오리들이 끝없이 계속되는 풍경에 자꾸 시선이 가는데 길은 좁고 경사가 급하니 편하게 감상할 수만은 없다. 바람을 고스란히 맞으며 달리니 두꺼운 점퍼를 입었는데도 고산의 바람은 점점 차게만 느껴진다. 장갑 낀 손가락이 점점 곱는다.

그렇게 2시간 가까이 달려 드디어 도착한 룽꾸. 마을 가장 높은 곳에 이곳이 국경임을 알리는 거대한 베트남 국기 탑이 보인다. 올라가서 먼저 국경 전망부터 하는 게 맞겠지만 지금은 따뜻한 무언가가 급하다. 꽁꽁 언 몸부터 녹여야 한다.

나를 이곳으로 이끈 소문의 그 카페부터 가고 싶다. 그런데 과연 이런 첩첩
시골 마을에 정말로 카페가 있기는 할까. 구글 지도도 소용이 없어 좁은 골
목길을 들어갔다 나왔다 반복하는데 저 멀리 보일 듯 말 듯 조그마한 간판이
하나 보인다. '북쪽 끝'이라는 뜻인 베트남 최북단 카페 '까페 끅 박'Cực Bắc은
그렇게 정말 거기에 있었다. 문제는 문은 열려 있지만 아무도 없다는 것.

손은 시리고 몸은 떨리고 배는 고프고 어서 따뜻한 차라도 마셔 몸을 좀 녹이고 싶은데 30분을 기다려도 주인은 오지 않는다. 이렇게 몸이 언 상태로 다시 오토바이를 타고 돌아가기는 힘들다. 실례를 무릅쓰기로 했다. 마당 한 편에 아주 작게 만들어 놓은 주방으로 들어가 물을 끓였다. 뜨거운 커피가 사무쳤지만 커피 내리는 도구까지 함부로 꺼내 쓰는 건 아무래도 아닌 것 같아 봉지에 든 일회용 가루 녹차를 탔다. 베트남어로는 짜쓰어맛차Trà Sữa Matcha 라고 하며 쓰어는 '우유', 맛차는 '말차'를 뜻한다. 평소 같으면 우습게 여겼을 인스턴트 음료가 이렇게 맛있을 줄이야. 뜨거운 녹차라테를 한 모금 삼키니 살 것 같다. 몸이 스르르 녹기 시작한다.

출발하기 전 동반에서 싸 온 소중한 도시락, 쏘이응우싹을 펼친다. 강렬한 색의 대비가 다시 봐도 놀랍다. 염료로 쓴 식물의 향이 배어들어 밥 냄새도 향긋하다. 알록달록한 찹쌀밥을 손으로 조금 떼어 땅콩과 깨, 소금과 설탕이 적당히 섞인 고소하고 짭조름한 양념에 찍어 먹는다. 그리고 직접 탄 짜쓰어맛차를 한 모금. 꿀맛이다. 녹차와 찹쌀밥이 이렇게나 잘 어울리는 조합이었던가.

한기가 사라지니 카페가 제대로 보이기 시작한다. 롤로Lô Lô족의 전통 목조 가옥 앞마당에 테이블 몇 개를 놓아둔 정도라 카페라기보다는 그냥 민가를 방문한 것 같다. 이 집의 주인은 어떤 사람일까, 깊은 산속에서 소수 민족으로 사는 삶은 어떤 것일까 이런저런 생각들이 흘러간다. 주인 없는 끅 박 카페에서의 고요한 시간이 조용히 흘러간다.

해마다 '올해의 색'을 발표하는 디자인 회사 팬톤이 2018년 컬러로 '울트라 바이올렛'을 선정한 적이 있다. 그 울트라 바이올렛보다 더 힘센 보라색이 여기에 있다. 쏘이응우싹이야말로 진짜 울트라 바이올렛이 아니겠는가. 첩첩산중 국경 마을의 숨겨진 장소를 찾아 나선, 부슬부슬 내리는 빗속을 뚫고 구불구불 산길도 마다하지 않고 달려온 춥고 배고프고 힘 빠진 여행자를 단번에 구해 주었으니 말이다.

이제 동반 읍내로 돌아갈 시간이다. '슈퍼 내추럴 울트라 바이올렛' 쏘이와 짜쓰어맛차 덕에 돌아갈 힘이 생겼다. 그나저나 카페 주인은 언제 오려나. 녹 찻값을 찻잔 밑에 눌러 두고 국경 끝 작은 카페를 나선다. 언제고 또 한번 이 곳에 올지도 모르겠다. 그때는 주인이 내려 주는 뜨거운 커피 한잔을 마시고 싶다. 물론 그때도 쏘이응우삭을 꼭 챙겨 올 것이다. 한 덩이로 아쉬웠으니 그때는 두 덩이다!

이번엔 또 뭐가 들어 있으려나
반저

베트남을 여행한다. 베트남 음식을 여행한다. 베트남 국수를 여행하고, 커피를 여행하고, 반미를 여행한다. 십수 년째 그렇게 여행하며 이 정도면 베트남 음식만큼은 그래도 꽤 경험한 거 아닌가 하는 생각이 들 때도 있지만, 반Bánh의 세계로 들어가면 아직도 멀었구나 겸손해진다. 이제 새로운 건 없을 거야 싶으면 나오고 또 나오는 마치 화수분 같은 베트남의 반.* 반은 내게 베트남 음식 탐험을 계속할 핑계가 되어 준다.

★
밀가루나 쌀가루로 만드는 케이크, 빵, 떡 같은 음식 앞에 '반'이라는 단어가 붙는다.

베트남 여러 도시의 시장에서, 거리에서 반을 만날 때면 선물을 앞에 둔 것
처럼 마음이 설레기 시작한다. 둥글거나 네모나거나 세모난 모양으로 바나
나 잎이나 또 다른 잎에 꽁꽁 쌓인 반은 상상력을 자극한다. 선물 상자 안에
뭐가 들었나 조심스럽게 흔들어 볼 때처럼 말이다. 잎을 감싼 방식도 끈을
묶은 방식도 각기 다른 그것들 안에서 뭐가 튀어나올지, 어떤 신기한 재료들
로 어떤 맛과 색을 보여 줄지 궁금해진다.

매듭을 풀고 잎을 벗겨내는 순간 정체를 드러내는 반. 아직은 외양만 확인한
것이니 끝이 아니다. 어떤 소를 넣었을지 혀로 확인하는 짜릿한 순간이 기다
린다. 어떨 때는 놀라울 만큼 맛있기도 하지만 시시할 때도 많다. 입맛을 확
사로잡기도 하지만 영 입에 안 맞을 때도 있다. 누군가 대단한 비밀인 듯 털
어놓은 이야기가 들어 보니 뭐 별것도 아닐 때처럼 말이다. 하지만 그래서
더 즐겁다. 겉만 보고 기대했다가 큰코다치기도 하고 또 의외의 진미를 발견
하기도 하는 법 아니던가.

달랏에서 만난 반저.

반저Bánh Giò의 베일을 벗긴다. 이른 아침이나 땅거미가 내리는 저녁 무렵에 많이 파는 반저. 반저를 파는 곳은 간판이 없어도 쉽게 알아챌 수 있다. 보통 보온을 위해 스티로폼 상자 같은 데에 갓 쪄낸 반저를 담고 담요로 덮어 두기 때문이다.

달랏의 어느 아침, 한 반저 집을 발견했다. 담아 둔 상자 뚜껑을 어찌나 빠르게 열고 닫던지. 뚜껑을 여는 그 잠깐 동안에도 온기가 새어 나갈까 봐 재빨리 움직인다. 흔히 삼각형으로 큼직하게 만드는데 이 집은 직사각형 모양에 크기도 앙증맞다. 안에서 기름이 배어 나와 반들반들해진 포장 잎의 겉면이 아침 해를 받아 반짝인다. 까만 내용물이 반투명하게 비치는 촉촉한 반저를 입에 넣는다. 차진 듯 보드랍고, 다져 넣은 고기와 버섯의 고소함에 바나나 잎 향까지 스며 있다. 이른 아침, 텅 비어 있던 위장을 부드러운 반저가 살살 쓰다듬어 준다.

하노이에서 만난 반저.

하노이에서는 홈 시장 Chợ Hôm 근처 노점에서 반저를 만났다. 뭘 팔길래 사람이 저리 많나 기웃거렸더니 주인이 거만하게 손가락을 까딱까딱하며 나를 앉힌다. 하늘을 찌르는 저런 자부심을 가끔 경험하는데, 그렇게 해서 먹어 본 음식 중에 감탄하지 않았던 게 별로 없으니 이번에도 못 이기는 척 앉아 본다.

접시를 꽉 채운 반저는 달랏의 그것보다 세 배는 크고, 소가 적게 들어간 대신 위에 베트남식 소시지를 올리고 오이를 곁들여 진한 소스를 듬뿍 끼얹어 먹는다. 가장 큰 특징은 달랏의 반저보다 훨씬 부드럽다는 것. 접시에 담아 바나나 잎을 풀자 푸딩처럼 찰랑거리며 접시 모양을 따라 폭 퍼진다. 소시지와의 조합도 꽤 괜찮다. 오래 합을 맞춰 온 콤비처럼 서로의 맛을 받쳐 준다.

베트남의 반. 저마다의 아주 작은 비밀을 품고 있는 듯한 그것들. 감춰진 놀라움과 은밀함에 끌리는 나는 오늘도 반을 감싸고 있는 포장 잎을 푼다. 베트남 곳곳의 도시에서 만나는 맛있는 비밀들을 하나하나 열어 본다.

이러니 바나나 안 바나나
쭈오이넵느엉

그동안 베트남 간식을 기록하면서 이제 웬만한 간식은 다 들어갔을 거라며 나름 뿌듯한 마음으로 목록을 살펴보던 나는 아차차 무릎을 쳤다. 너무 흔하다고 너무 친근하다고 그만 빠뜨릴 뻔했다. 정작 가장 가까운 사람에게 덜 다정하게 구는, 늘 옆에 있는 소중한 이를 오히려 못 챙기는 어리석은 사람처럼 내가 무심하게 지나쳤던 건 바로바로 바.나.나!

새삼스레 떠올려 보니 종류도 한두 가지가 아니다. 먼저 바나나를 찌고, 말리고, 튀기는 간식들부터 맛보자. 바나나를 쪄서 먹는다고? 그렇다. 베트남에는 있다. 특히 이른 아침에 흔하게 만난다. 고구마나 타로, 땅콩 등을 쪄서 파는 상인의 좌판 위에 언제나 찐 바나나도 한자리를 차지한다. 손가락 길이만한 바나나를 송이째 찌는데 고구마나 감자처럼 포슬포슬하다.

다음은 말린 바나나다. 길 가다 보이면 그냥 '하나 주세요' 하고 사 먹어서 정확한 이름은 들어본 적 없는, 그래서 내 마음대로 '바나나 포'라고 이름을 붙였다. 바나나를 얇게 썰어 김 한 장 크기 정도로 연결해 붙인 뒤 꾸덕꾸덕하게 말린 바나나 포는 숯불에 구워서 먹는데 생으로 먹는 것보다 훨씬 더 달다.

바나나 포.

감자튀김보다 흔한 바나나튀김도 열대 나라에서는 없어서는 안 되는 간식이
다. 간식거리라고는 아예 없겠다 싶은 오지 마을에서조차도 늦은 오후쯤 어
슬렁거리다 보면 바나나튀김 장수를 발견하게 된다. 말랑말랑 보들보들 달콤
달콤. 고소한 튀김옷을 입은 바나나는 또 다른 별미다. 보통 짧고 통통한 바나
나를 반 갈라서 튀기는데, 언젠가 껀터Cần Thơ에서 작은 아이디어 하나를 더한
바나나튀김을 만났다.

103

먼저 바나나를 한 번 누른다. 바나나가 찢어지지 않을 정도로 적당한 힘으로 얇게 편 후에 반죽을 입혀 튀긴다. 한 줄로 쪼르르 세워 둔 얇은 바나나튀김은 기름이 금세 빠져 더 바삭해진다. 바나나를 자르고 비닐 안에 넣어 누른 다음 튀김옷을 입혀 튀기는 숙련된 손길을 한참 구경했다. 지금도 맛있는 바나나튀김 하면 그 집 것이 가장 먼저 떠오른다.

바나나 찹쌀떡 쭈오이넵느엉.

앞에서 이야기한 간식에서 한 걸음 더 나아간 바나나 간식 상위 버전도 있는데 바로 바나나 찹쌀 구이, 쭈오이넵느엉Chuối Nếp Nướng이다. '바나나 찹쌀떡'이라고 해야 할까? 바나나가 떡의 소가 된다. 찹쌀 반죽 안에 바나나를 넣은 뒤 잎에 싸서 숯불에 굽는다. 까매진 바나나 잎을 벗겨 내면 노릇하게 익은 찹쌀떡이 얼굴을 내민다. 그러면 가위로 대강 자른 뒤 코코넛 밀크와 볶은 땅콩 가루를 뿌려 뚝딱 그럴듯한 간식 한 접시를 만들어 낸다.

특별한 날이 아닌 그저 그렇게 무탈하게 흘러가는 평범한 하루 같은 간식. 그러면서도 다른 어떤 간식에 견주어도 결코 '빠지지' 않는 바나나 간식들에 심심한 사과와 뒤늦은 찬사를 보낸다.

등 뒤에서 들린 엄마의 동그란 그 말
반쪼이따우

"간식 먹어요."

처음 듣는 말이었다. 흔하디 흔한 '간식'이라는 단어가 엄마의 입에서 아버지를 향해 건네지니 낯설게만 들렸다.

지난해는 아버지에게 힘든 해였다. 임플란트를 했는데 뭐가 잘못되었는지 온 얼굴에 멍이 들고 부어올라 음식을 드시지 못했고, 녹내장에 백내장이 겹친 채로 2년여를 견디다가 겨우 수술 날짜를 받았다. 주치의조차도 어렵다고 했던 수술은 다행히 무사히 끝났고 수술 상처도 아물어 갔지만, 다시 황반변성이 발견되어 지금도 눈에 주사를 맞는 치료를 받고 있다. 그런 시간들이 아버지의 입맛을 뺏어 갔다. 그날도 아침상을 몇 술 뜨지도 못한 채 앉아만 있다가 들어가고 두세 시간쯤 뒤였을 거다.

등 뒤로 엄마가 방문을 열고 아버지에게 간식 먹으라고 말하는 소리가 들렸다. 아버지는 순순히 나와 요거트 하나를 천천히 비웠다. 식탁에 앉아 간식을 드시는 아버지와 아버지를 가만히 바라봐 주던 엄마. 사사건건 의견이 안 맞아 자주 다투던 두 분이었는데 나이가 들어가면서 요즘 엄마는 아버지에게 조금 부드러워졌다. 엄마 말에 돋아 있던 가시는 이제 찔려도 별로 아프지 않을 만큼 뭉툭해졌다.

오늘 밤엔 자꾸 엄마의 따뜻한 그 말이 맴돈다. 그날 '간식'이라는 말에는 다정한 걱정이 툭, 무심하게 담겨 있었다. 어떤 소중한 마음이 아주 조그맣게 담겨 부담 없이 전해졌다. 문득 간식 하나가 그날 엄마의 동그란 말과 겹쳐진다. 따뜻한 동그라미, 반쪼이따우Bánh Trôi Tàu. 겨울의 하노이 거리 곳곳에서 볼 수 있는 이것을 두 분 앞에 놓고 싶다.

고소한 깨(왼쪽)와 달콤한 녹두(오른쪽) 소가 들어 있는 반쪼이따우.

며칠을 기다려도 해는 나지 않고 간혹 비까지 부슬부슬 내리는 으스스한 하노이의 겨울날들. 그런 날에 반쪼이따우를 보면 그냥 지나치기 힘들다. 작은 밥공기에 담아 주는 반쪼이따우 한 그릇에는 냄비에서 끓고 있던 2개의 동그란 떡과 대충 부숴서 푸짐하게 뿌려 주는 땅콩 그리고 약간의 코코넛 밀크가 들어 있다. 따뜻한 목욕물에 몸을 담그고 있는 사람처럼 반쪼이따우가 밥공기 안에 얌전히 잠겨 있다.

모락모락 김이 피어오르는 반쪼이따우를 한 입 베어 물면 찹쌀가루로 만든 피 안에서 달콤한 녹두와 고소한 검은깨가 나온다. 겉으로 보면 구별이 안 되는데 주인은 녹두 소를 넣은 것 하나, 검은깨를 넣은 것 하나를 사이좋게 담아 준다.

반쪼이따우 2개로 한기가 가신다. 반쪼이따우의 따뜻함이 몸을 천천히 덥혀 주고, 반쪼이따우의 달콤함이 마음을 포근하게 감싸 준다. 쪼이는 '표류하다, 흐르다, 둥둥 뜨다'라는 뜻이고, 따우는 '배' 또는 '중국'을 의미한다. 화교들이 만들고 팔아서 붙은 이름일지도 모르지만 나는 '작은 배에 동동 떠 있는 떡'이라고 해석하고 싶다. 작은 나룻배를 타고 맛있는 떡이 둥둥 떠 있는 호수를 저어 가다가 배가 고파지면 건져 올려 먹는 모습을 상상하는 것은 근사하니까. 그 배를 엄마와 아버지와 타고 싶다. 배를 타고 흘러가다가 먹는 반쪼이따우가 아버지의 입맛을 찾아 줄 수 있지 않을까.

바삭함과 부드러움의 성공적 콜라보
반덥

한 장은 부서질 듯 바삭하게

또 한 장은 미끄러질 듯 보들보들하게.

이렇게 서로 다른 두 장을 합치자는 아이디어는

누가 처음 냈을까.

하나만 있을 때의 심심함, 허전함, 뭔지 모를 부족함을

이렇게 메울 생각은 누가 한 걸까.

물과 불의 만남이다.

한 장은 수분을 가득 머금고 있고

다른 한 장은 불에 바짝 구워 수분 제로다.

서로 다른 두 성질의 합일을 시도한 순간을

상상해 보는 것만으로도 즐거운 간식.

이름하여 반덥Bánh Đập이다.

이제 그 특별한 이중주를 즐길 시간,

'덥'의 시간이 왔다!

덥Đập은 '깨부수다, 때리다'라는 뜻이니

손바닥으로 가차 없이 '덥' 하자!

'덥' 하기 전의 반덥.

'딥' 한 후의 반딥.

공들여 쌓은 모래성을 미련 없이
허물고 떠나는 아이처럼 시원하게 내리치자.
지고 있는 게임 판을
'몰라 몰라' 하며 장난스레 뒤엎듯이 확!

위에 덮여 있는 구운 반짱 Bánh Tráng, 라이스페이퍼 이
와자작 –
산산조각 나면서 아래쪽에 놓인 부드러운 반짱에 슬쩍 달라붙는다.
채도와 질감이 다른 두 흰색의 밀착.
그렇게 부서진 조각을 밑에 있는
부드러운 반짱과 함께 조금씩 떼어 내 먹는다.

입안에서는
서로 다른 두 가지 감촉이 부딪친다.
날카로운가 싶으면 부드럽고
부드러운가 싶으면 바삭함이 섞여 든다.
야들야들하게 감싸고 기분 좋게 부서진다.
두 박자의 리드미컬함이 입체적인 즐거움을 준다.
클래식과 힙합이 만나 이룬 예상외의 멋진 콜라보처럼.

수도승 같은 여행자의 짐승 같은 간식 기행
쩨써우지엥

궁금하다. 당신은 어떤 여행자일까? 당신의 여행 스타일은 안전 추구형일까, 모험 추구형일까? 《여행자의 심리학》이라는 책에서는 여행자의 유형을 이렇게 나눴다. '짐승 같은 여행자 vs. 수도승 같은 여행자'. 그 분류로 보면 분명 나는 '수도승 같은' 쪽에 속한다. 적극적으로 다른 여행자를 사귀는 일에 그다지 관심도 소질도 없을뿐더러 웬만하면 어디서든 내가 드러나지 않기를 원한다. 있는지 없는지도 모르게 현지인들 틈에 쓰윽 섞여서 사람들의 모습을 바라보는 것만으로도, 가만히 사람들의 다정한 얘기에 귀 기울이는 것만으로도 충분히 즐겁다.

그렇지만 때로 '짐승 같은 여행자'들이 부럽다. 어디를 가도 적극적으로 사람들을 사귀어서 새로운 인연을 만드는 사람. 여행지에서 만난 누군가와 친구가 되고, 그 친구가 사는 나라로 또 다른 여행을 떠난다는 이들 말이다. 하지만 뭐 어쩔 수 없다. 억지로 해서 되는 일은 아니니.

여행 스타일처럼 여행지에서 음식을 대하는 태도 또한 저마다 다를 것이다. 모순되게도 나는 먹는 분야에서만큼은 '짐승 같은 여행자'다. 겁 없이 낯설고 야릇한 음식에도 곧잘 도전한다. 징그럽게 생겼거나 식욕을 떨어뜨리는 색깔의 음식도, 낯선 냄새의 음식도 별로 겁 안 내고 잘 사귀는 편이다. 새로운 음식을 만나면 엔도르핀이 솟구친다.

고약한 내음과 미끄덩거리는 식감의 두리안과도 금세 친해졌다. 뾰족뾰족
강력한 가시. 그 매력적인 생김새에 먼저 반했다. 거친 외모와는 정반대의,
그 속에 감추고 있는 지극히 부드러운 감촉의 과육. 과육을 먹고 나면 남는
존재감을 뿜어내는 커다란 씨까지 다 맘에 든다. 두리안의 냄새조차도 사랑
한다. 호텔에서 반입을 금지할 정도로 향이 강하다고 하지만 두리안 입장에
서는 좀 억울할 것도 같다. 꾸리꾸리하다고 느낄 수 있는 향은 입에 넣으면
곧바로 그윽하고 크림 같은 향으로 바뀌어 뒤따라온다.

두리안을 대하는 당신의 자세는 어떠한가? 혹 열대 과일의 왕이라 불리는
두리안에 도전해 보고 싶은데 음식을 대하는 성향이 '수도승'에 가깝다면,
용기가 영 안 난다면 이 간식에 도전해 보라. 이 특별한 과일을 포기하려는

맨 위에 올라간 크림색 덩어리가 두리안이다.

당신에게 쩨써우지엥Chè Sầu Riêng을 권한다.

두리안을 사서 껍질을 벗기다가 날카로운 가시에 찔릴 걱정도, 커다란 씨를 발라내는 수고도, 손에 끈적하게 묻힐 필요도 없다. 보통 쩨써우지엥에는 다른 여러 과일과 젤리, 코코넛 밀크 등도 함께 들어가는데, 그 재료들이 두리안의 강한 개성을 살짝 눌러 주니 좀 더 쉽게 두리안 맛에 적응할 수 있다.

하노이에서는 맛있는 쩨써우지엥을 두 번이나 만났다. 'Since 1976'을 자랑
하는 노포의 모든 쩨에는 두리안이 거의 기본으로 들어간다. 감칠맛 내는 비
법 양념처럼 조금씩 넣어 사람들의 입맛을 사로잡는다. 또 한 집은 하이바쯩
거리에 있는 노점인데 두리안을 고명처럼 올려 준다. 두리안이 버터처럼 부
드럽게 입안에 착 감긴다.

수도승 같은 입맛의 여행자여, 오라. 두리안이 두려운 여행자여, 오라. 쩨써
우지엥이 두리안과 사귀도록 다리 하나 놓아 줄 것이다.

부처님 오신 날의 환대

쩨콤뗀

베트남이라는 나라에 처음 갔던 해. 달랏에 있는 쭉럼 사원Thiền viện Trúc Lâm에서 한 스님을 만났다. 그때는 베트남어를 거의 못 할 때였는데 더듬더듬 인사를 건네자 스님은 내가 베트남어를 잘하는 줄 오해하신 것 같았다. 어떤 이야기를 시작하셨는데 말씀을 끊을 수 있는 분위기가 아니어서 알아듣지도 못하면서 한참을 가만히 듣고 있었다. 한푹Hạnh Phúc, 행복이라는 단어만 겨우 알아들었던 나는 그때 스님의 말속에 행복을 얻는 비법 같은 게 숨어 있을지도 모른다고 생각했었다.

다시 찾은 쭉럼 사원은 지난 세월만큼 울창해져 있었다. 사람도 엄청나게 많아서 무슨 날인가 물었더니 부처님 오신 날이란다. 베트남의 부처님 오신 날은 음력 4월 8일이 아닌 4월 15일이다. 운 좋게 이런 특별한 날에 오게 된 나는 호수 쪽으로 난 소나무 숲길과 경내 산책을 마치고 절 뒤쪽으로 발길을 옮겼다. 큰 천막 아래에 사람들이 가득했다. 둥근 테이블마다 둘러앉아 담소를 나누고 있었다. 각자 앞에 작은 그릇 하나씩을 놓고서.

사람이 너무 많아 그냥 빠져나오려는 나를 누군가 황급히 불렀다. 간이 의자를 뇌주며 어서 와 앉으란다. 일가족이 앉은 테이블. 아이 엄마는 얼른 노란색 그릇 하나를 받아 와 내 앞에 놓아 주었다. 모두가 먹고 있던 그것은 쩨Chè였다. 평소 디저트나 간식으로 먹는 쩨 한 그릇으로 부처님 오신 날을 축하하고 있었다.

아이 엄마는 숟가락을 챙겨 주고 테이블마다 놓여 있는 뭔가를 쩨 위에 얹어 먹으라고도 알려 주었다. 녹두 가루인지 콩가루인지 모르겠는 노란 가루가 묻어 있는 찐 쌀이었다. 한 숟가락 덜어 쩨에 섞으니 쩨는 더 고소해졌고, 쌀 알갱이도 말랑하게 씹혀 식감도 좋았다. 일반 쩨 가게에서는 먹어 본 적 없는 처음 만난 쩨였다. 이름을 몰라 내 마음대로 이름을 붙여 두었다. 그림에 '무제'라는 제목을 붙이듯 이름 없는 쩨, 쩨콤뗀Chè Không Tên이라고.

밥공기보다 작은 그릇에 담긴 쩨는 몇 숟갈 만에 금세 바닥을 드러냈지만 우리는 오래 그 자리에 앉아 이런저런 이야기를 나누었다. 부처님 오신 날을 핑계로 아무 조건 없이 서로의 삶을 축복했다. 그리고 한 스님이 테이블 사이를 돌며 일일이 축언을 해 주었다. 천막이 만들어 주는 밝은 그늘 속에서 서로의 평안을 기원했던 그 시간. 예기치 않은 환대에 마음은 오래도록 따뜻했다.

해마다 늦은 봄 연등이 걸린 거리를 걷다 보면 가까이 둘러앉아 이름 없는 쩨 한 그릇을 나누며 즐거워했던 그해 쭉럼 사원의 풍경이 자꾸만 생각난다.

먼 훗날, 우리 그때도 만나요
따오퍼

언젠가 나도 할머니가 될 것이다. 그건 누구도 거부할 수 없고 누구라도 맞이해야만 하는 시간이다. 할머니가 되었을 때 나는 어떤 모습을 하고 뭘 하고 있을까. 그때도 어딘가를 여행하고 맛있는 음식을 찾아 즐겁게 먹을 수 있을까. 그때를 그려 보는 것이 아직은 모호하고 낯설고 막연하지만, 그런대로 짐작할 수 있는 것이 하나 있다. 간식도 젊을 때나 먹는 거라며 손을 내저을지도 모를 그때에도 따오퍼Tào phớ만은 반기리라. 이가 약해져 너무 뜨겁거나 차거나 질기거나 딱딱한 음식을 못 먹게 되어도, 혹여 이가 몽땅 빠졌더라도 따오퍼는 나를 행복하게 해 줄 것이다. 그때도 나는 호찌민의 뜨거운 태양 아래에서 유유히 따오퍼를 즐기는 할머니가 되고 싶다.

호찌민 대통령궁 근처, 파리 공원에서 그리 멀지 않은 도로변에서 따오퍼를 파는 가인항Gánh Hàng *을 만났다. 유난히 반짝이는 커다란 냄비와 깔끔한 그릇이 눈길을 끈다. 한쪽에는 '따오퍼'라 불리는 연두부 냄비가 또 한쪽에는 코코넛 밀크와 고명으로 쓸 한 입 크기의 떡이 담겨 있다. 2개의 냄비 아래에는 작은 숯불 화로가 있어 따뜻한 온도를 유지시켜 준다. 강한 햇빛이 내리쬐는 날에 불 앞에 앉아 있는데도 가인항 주인은 별거 아니라는 표정이다.

---

*
짐을 옮길 때 어깨에 메는 도구로 막대 양쪽 끝에 바구니를 매단다.

한 그릇 먹겠다고 하자 앙증맞은 목욕탕 의자를 내준다. 그리고 바로 왼쪽 냄비의 뚜껑을 열어젖힌다.

하얗고 보드랍고 순한 연두부가 보인다. 두부를 떠낸 자국이 파도 같다. 파도가 일렁이다 떠난 해변의 고운 모래밭 같다. 가인항 주인은 손이 더 갈 텐데도 국자를 쓰지 않고 얇게 포를 뜨듯 숟가락으로 여러 번 떠 켜켜로 쌓으면서 담는다. 그렇게 연두부를 떠 담고 그 위에 코코넛 밀크와 떡 몇 개를 얹어 준다. 하얀 두부 위에 좀 더 밀도 높은 코코넛 밀크 그리고 시럽 속에 담겨 있던 노란색 떡. 색의 조화가 화사하다. 뜨거운 태양 아래에서 먹는 따뜻하고 부드럽고 달콤한 따오퍼. 따끈한 온도라 몸이 더워질 거 같은데 이상하게도 정반대의 느낌이다. 찬 것만 찾던 입이 아니라 몸 저 안에서 원했던 음식 같다.

따오퍼를 먹는다. 한없이 무해할 것만 같은 음식을 먹는다. 몸이 반기는 촉감과 온도를 음미한다. 입안에서 식도를 따라 몸속으로 흘러 들어가는 연두부를 생각하면 안심이 된다. 내 몸에 모처럼 좋은 일을 한 듯한 기분이다.

예전에는 호찌민 아침 골목에 따오퍼를 파는 상인들이 더 자주 보였다. 그런데 그때는 이상하게 잘 사 먹게 되지 않았다. 그리고 이제 나는 따오퍼를 먹는 시간을 사랑하게 되었다. 그 짧은 시간이 명상의 시간처럼 느껴진다. 나무 사이로 들어오는 햇빛을 받아 더 반짝이는 따오퍼를 먹는다. 곧 정오의 태양이 이글거리겠지만 견뎌 낼 수 있다. 따오퍼가 한낮의 뜨거움을 모두 반사시켜 버릴 것 같다.

누군가에게는 디저트, 누군가에게는 애피타이저, 누군가에게는 가벼운 한 끼. 그리고 나에게는 언젠가 할머니가 되어서도 먹고 싶은 간식. 어느새 연두부는 호르르 호르르 넘어가고 떡이 입안에 남아 씹힌다. 할머니가 되면 이 쫄깃한 노란 떡은 씹기 좀 어려워지려나. 그럼 떡은 빼 달라고 하지 뭐.

따오퍼가 속삭인다.
'할머니가 되어서 우리 그때도 만나요.'

무이네 해변 큰 나무 아래에서
반미팃느엉

호찌민에서 출발해 4시간여를 달린 버스가 판티엣Phan Thiết 시내를 지난다. 크고 작은 리조트들이 10km가 넘는 해변을 따라 길게 밀집해 있는 이차선 도로로 진입하면 드디어 판티엣에서 유명한 해안 마을인 무이네Mũi Né의 시작이다. 유독 무이네에서 많이 보이는 길거리 간이 주유기들이 띄엄띄엄 나타나면 정말 무이네에 도착했구나 싶다.

버스는 중간중간 잠시 정차해 여행자들을 원하는 곳에 내려 준다. 나는 거의 마지막까지 타고 있었다. 수많은 숙소 중에서 내가 고른 곳은 해변이 거의 끝나 갈 때쯤에 있는 아담한 부티크 호텔. 위치상 번잡함을 벗어나 있는 곳이고 무엇보다 골목만 나오면 시장이 바로 옆이어서 주저 없이 선택했다. 관광객보다는 현지인을 대상으로 하는 소박한 식당과 카페까지 있으니 내가 좋아하는 요소들을 다 갖췄다.

그리고 가장 중요한 하나가 있다. 그곳에는 내가 좋아하는 나무가 있다. 정확하게는 그 나무의 그늘이라고 해야겠다. 시장 옆 작은 초등학교 건너편에 있는, 가지가 평평하게 층층으로 뻗어 있는 나무. 손바닥보다도 큰 나뭇잎들이 겹쳐져 만들어 낸 그림자 그 아래에 서면 나는 너그러워지고 평온해진다. 아무리 더워도, 아무리 화가 나도, 아무리 지루해도 다 받아들일 수 있을 것만

131

같다. 환한 그늘, 이상하게 들릴지 모르겠지만 그 그늘은 정말 그렇다. 퀘렌시아. 거친 숨을 고르는 자신만의 안식처를 그렇게 부른다고 한다. 그렇다면 그 나무 그늘 아래는 나의 퀘렌시아일지도 모르겠다.

무이네의 이른 아침, 부지런한 태양이 떠오르면 나는 언제나처럼 무이네에서의 첫 일정을 시작한다. 그 나무에 다가가 내가 왔음을 알린다. 나무는 여전하다. 예전과 똑같이 양쪽으로 그늘을 넓게 펼쳐 한쪽으로는 로컬 카페를, 또 한쪽으로는 반미 행상의 자전거를 어깨동무하듯 품고 있다. 태양이 이글거리기 전이라 그늘은 옅지만 그래서 더 아늑하게 느껴진다.

자전거에다가 제법 큰 재료 상자를 얹고 장사를 하는 반미 집은 아침부터 맛있는 냄새를 풍긴다. 고기를 다져 동글납작한 모양을 낸 완자를 조그마한 숯불 화로에 굽는 냄새다. 미리 구워 뒀다가 사용하면 장사하기가 더 쉬울 거 같은데 주인은 느긋하다. 서두르지 않고 그때그때 구워 반미 안에 넣어 준다. 그러니 만드는 속도가 느릴 수밖에. 그래도 긴 줄 뒤에서 나는 얌전히 기다린다. 재촉했다가 잘 안 익거나 맛이 부족하면 나만 손해다.

드디어 돌아온 내 차례. 인내심으로 얻어 낸 반미, 정확하게는 반미팃느엉 *Bánh Mì Thịt Nướng*을 기분 좋게 손에 쥐고 나무 그늘이 드리워진 카페로 간다. 아무리 더워도 뜨거운 커피를 고집하는 나는 카페쓰어농을 주문하고 바깥을 향해 앉는다. 모든 의자가 다 그렇게 놓여 있어 밖은 무대 같고, 나는 연극을 감상하러 온 관객이 된 기분이다. 그렇게 한가로이 거리 풍경을 바라보면서 먹는 반미와 커피. 음식마다 궁합이 있겠지만 둘의 조화는 거의 완벽하다. 숯불향 바비큐 완자 반미를 야무지게 베어 물고 진하고 달콤한 까페쓰어농을 한 모금 더하면 세상 부러울 게 없어진다. 거리를 바라보다가 한 입. 고개를 들어 나무를 바라보다가 다시 한 입 그리고 커피 한 모금……

한 아이가 학교에 간다. 한 손에는 반미를 들었다. 지각이 코앞인지 뛰어가면서도 반미를 잘도 베어 문다. 세상에는 수만 가지의 아침 모습이 있을 테고, 저마다 좋아하는 아침 풍경을 간직하고 있을 것이다. 나는 지금 내 눈앞에 펼쳐진 이 아침 풍경을 좋아한다. 이렇게 또 한 번의 아침이, 무이네의 하루가 시작된다.

Part 3.

점심과
저녁 사이

그런 마음이 있다.
값비싼 스테이크도 아니고
화려한 코스 요리도 아니고
그냥 작은 간식 하나 나누고 싶은 마음.

날 만나려거든 항구 뒷골목으로 오셔
랑믁

이럴 줄 알았다. 또 외지인은 모르는 곳에 자기들끼리 은밀하게 모여서 즐기고 있을 줄 말이다. 여행을 하다 보면 종종 겪는 일이다. 이방인들은 그럴듯한 관광지 식당으로 몰아 놓고, 현지인끼리는 아기자기한 분위기에 음식 맛도 더 좋은 곳에 간다는 느낌을 종종 받는데, 베트남에서는 그 의혹이 더 자주 인다.

이글이글 태양이 가장 뜨겁게 타오르는 시간을 간신히 넘긴 2시와 3시 사이의 판티엣 시내. 태울 듯 쏟아졌던 열기가 아직 빠져나가지 못해 기온이 내려가기는커녕 더 후끈하다. 피어오르는 아스팔트의 아지랑이 때문일까. 도시는 아무 일도 벌어지지 않을 듯한 짙은 나른함에 젖어 있는 듯도 하고, 뭔가 무시무시한 일이 벌어지기 전 수상한 기운이 서려 있는 태풍의 눈 속 같기도 하다. 아무튼 한산해도 너무 한산하다. 아무리 뜨거운 한낮이라 해도 꽤 큰 도시에 이렇게 사람이 없다니. 낮잠 즐길 시간도 지났는데 다들 어디로 간 걸까.

오, 그렇지. 여기 다 모여 있다.

판티엣 항구 뒤쪽 골목, 사람들이 빨간 플라스틱 테이블 앞에 작은 접시를 놓고 옹기종기 모여 앉아 있다. 접시는 손바닥보다도 작다. 그 위에 쪼르르 놓인 동글동글한 것들. 지름이 1cm 정도 되는 작은 구슬 모양이다. 그런데 이게 과연 이렇게 사람들을 불러 모을 음식인 걸까. 사람들을 모이게 한 이 '쪼그마한' 주인공은 바로 '입'이다. 그것도 살이라곤 손톱만큼밖에 붙어 있지 않은 작은 오징어 입, 여기 말로 랑묵Răng Mực 되시겠다. 인간의 입맛은 원래 요상하니까 우리는 무수히 많은 것들을 먹고 있다. 그러니 오징어 입 정도야 뭐.

사람들을 판티엣 바닷가 뒷골목으로 불러들인 입들.

142

조그마한 접시 위에 놓인 더 조그마한 오징어 입 꼬치구이. 걸리버 여행기 소인국 편에 들어온 듯하다.

스윽 다른 테이블을 살핀다. 나도 뒤질세라 그동안 오징어 입깨나 먹어 본 사람처럼 구운 거 한 접시, 삶은 거 한 접시를 시킨다. 삶아서 커리를 뿌린 메뉴도 있고, 여러 개를 밀가루에 묻혀 동그랑땡처럼 튀긴 것도 있다. 아무튼 뭘 주문해도 오징어 입으로 만든 것들뿐이다. 오직 오징어 입만 취급하는 이런 음식점이 이 골목에 모여 있다. 손님들의 진지한 표정에서 이 XXS 사이즈의 간식을 제대로 즐기겠다는 굳은 의지가 보인다. 올망졸망 오징어 입들이 알알이 사람들의 입으로 들어가는 걸 구경한다. 내 기준으로 보면 이건 영락없는 안주인데 술을 마시는 사람은 아무도 없다. '술 따위가 뭐가 필요해'라는 표정으로 오징어 입을 먹는다.

삶은 건 삶은 대로, 구운 건 구운 대로 괜찮다. 삶은 건 부드럽고, 구운 건 매콤한 양념을 발라 좀 더 쫄깃하다. 그 작은 것에서 이빨은 뱉어 내니 정작 내 목구멍으로 넘어가는 살은 정말 콩알만큼이다. 그런데 이게 과연 몇 마리의 오징어 입일까? 대강 세어 봐도 스무 개가 넘으니 스무 마리의 오징어가 입을 뺏긴 것이다. 어느 날 누군가 오징어를 먹다가 입이 없는 걸 발견한다면 여기 판티엣산 오징어일지 모르겠다. 그 잃어버린 입들이 지금 내 접시 위에 있다.

바다가 가까운 판티엣 항구 뒷골목. 더운 바람이 불면 짭짤한 내음이 함께 실려 와 내가 지금 바닷가 도시에 있음을 실감한다. 오늘도 그 바다에서 오징어는 잡히고 오징어 입은 이렇게 떼어 내져 간식이 되는 것이다. 이 작디작은 것에 집중할수록 뭔가 점점 즐거워지는 기분이다. 동그랗거나 꼬리가 약간 달려 있거나 한 오징어 입 모양을 가만히 바라보니 마침표 같기도 쉼표 같기도 하다. 하루의 반을 마쳤으니 이제 좀 쉬어 가라는 신호인가.

가끔 베트남 사람들에게 신기한 재주가 있다는 생각을 한다. 시시한 것도 뭔가 대단하게 만들어 즐기는 묘한 능력. 그 능력은 간식의 세계에서 더욱 빛을 발한다. 나는 지금 아주 미미한 것이라도 크게 느끼고 즐기는 법을 몸소 체험 중이다. 이 기술을 체득하면 작은 행운도 엄청난 것으로 느끼는 '행복한 착각 신공'을 발휘하게 될 것 같다. 그걸 알려 준 사람들 곁에서 한가롭게 오징어 입을 씹는다.

근데 열대의 더위 속에서 갑자기 느껴지는 이 섬뜩한 느낌은 뭘까? 오늘 밤 꿈에 오징어 떼의 습격을 받을 것 같은 으스스한 기분이라니. 고작 오징어 입이 주는 공포감에 내 입을 꼭 틀어막았다. 서늘하게 땀이 식는다. 지금 나는 납량 특집 먹방 중이다.

어른들도 간식이 필요해

반고이

하노이에서 기차로 1시간 반 정도 가면 남딘Nam Định이라는 도시에 닿는다. 꼭 가 봐야 할 이유가 있는 유명한 도시도 좋지만 가끔은 이런 한적한 도시에 가고 싶어진다. 뭐 특별히 봐야 할 것이 없으니 목적도 정하지 않고 시간에 쫓기지도 않고 어슬렁거리면 되는 곳 말이다. 우연이 또 다른 우연으로 이어지며 예기치 못한 일들이 일어나기도 하는 여행. 육지의 하롱베이로 알려진 닌빈Ninh Bình으로 가는 길목에 있지만 여행자들은 보통 들르지 않고 지나치는 도시, 나는 남딘 역에서 내렸다.

호숫가를 산책하고 작은 시장들을 구경하다가 어느 중학교 담장 옆 좁은 길로 방향을 틀었다. 뭔가를 튀기고 있길래 바나나겠지 싶어 그냥 지나치려는데 마침 주인이 젓가락으로 그것을 보란 듯이 높이 들어 올린다. 그건 바로 '반고이'Bánh Gối. 오후 3시, 반고이 튀김 솥 주위로 벌써 손님이 넘쳐난다.

갓 튀긴 반고이를 손에 쥐기 좋게 종이로 싸서 건네준다. 뜨거운 반고이를 호호 불며 한 입 베어 문다. 하노이 구시가지 대성당 옆에도 유명한 반고이 집이 있는데 이름만 똑같지 이건 전혀 다른 반고이다. 내가 아는 한 베트남에서 제일 크고 맛있는 반고이다. 당면과 돼지고기, 목이버섯을 버무린 소에 메추리알도 하나 들어 있다. 그냥 먹어도, 큼지막하게 썰어 절인 파파야를 얹고 고추 소스를 뿌려 먹어도 맛있는 남딘의 '대형' 반고이.

이 집은 반죽을 따로 만들지 않고 반짱에 싸서 튀기는 방식을 쓴다. 두꺼운 튀김옷을 입히지 않으니 식감이 무겁지 않다. 안 먹는 사람은 있어도 하나만 먹는 사람은 없다. 나도 하나를 뚝딱 해치우고 하나 더 시킨다. 두 번째 반고이를 들고 그제야 옆에 있는 다른 손님을 둘러본다. 학교 옆 간식 집인데도 모두 어른들뿐이다. 할머니 손님도 한 분 계신다. 아이들은 아직 학교에 있고, 체육 시간인지 운동장이 떠나갈 듯 떠드는 소리가 담장을 넘어온다. 그 소리를 배경으로 나이 든 우리들은 모두 아이처럼 반고이를 들고 있다. 곧 수업이 끝나면 학생들이 몰려와 차지할 자리를 잠시 빌린 듯 말이다. 모두 어른답게 매운 소스를 듬뿍듬뿍 뿌리면서 마치 동지가 된 듯 오후의 간식을 즐긴다. '그래, 너희들이 오면 비켜 주마'라는 표정으로 힐끗 담장 쪽을 곁눈질하면서.

어른들도 때로 간식이 필요하다. 살다 보면 가끔은 어른의 체면, 어른의 무게일랑 벗어던지고 싶은 순간이 있지 않은가. 하루에 몇 분만이라도 무겁고 진지한 어른의 시간에서 벗어나도록 만드는 것. 어쩌면 간식의 임무 중 하나는 그런 것일지 모른다. 조금 시시하지만 즐겁고 맛나고 기분 좋아지는 간식이 아무 걱정 없던 어린 시절의 나로 잠시 돌아가게 한다. 호화롭고 값비싼 디저트는 줄 수 없는 그 무엇이 촌스럽고 소박한 길거리 간식 속에는 있다. 아무렇지도 않게 아이들 옆자리를 비집고 들어가 간식을 먹으며 잠깐 숨 돌리면, 다시 어른의 자리로 돌아갈 때 조금은 가뿐해져 있지 않을까.

반고이의 '고이'는 '베개'라는 뜻이다. 이름 때문인지 반고이를 먹을 때면 베개 밑에 뭔가 숨겨 놓은 아이처럼 괜히 들뜬다. 오랫동안 방직 산업으로 흥성했던 도시, 베트남의 가장 대표적인 음식인 퍼Phở의 발상지라고 알려져 있는 곳. 그리고 이제 내게는 '반고이'라는 간식으로도 기억되는 곳. 여기는 남딘이다. 바삭바삭 기분 좋은 남딘의 오후가 지나간다.

오후 4시의 몽글몽글함에 대하여
반둑농

베트남에서 내가 가장 살고 싶은 도시, 달랏. 그곳에 멋진 반둑농_{Bánh Đức Nóng}
가게가 있었다. 달랏 대학교에서 멀지 않은 곳에 있는 아담한 가게였는데 예
쁜 간판을 보고 들어갔다가 그 음식을 처음 알게 되었다. 이제는 추억 속에
만 존재하는, 과거가 되어버린 그리운 그 가게. 그곳이 있어 달랏 가는 길이
더 즐거웠다.

뭔가 분위기가 독특한, 마치 일본 영화에 나올 법한 분위기를 풍기는 간식
집. 엄마인 듯 보이는 젊은 여자가 요리를 하면 열서너 살쯤 된 소년이 음식
을 가져다주었다. 그 소년보다 어려 보이는 아이가 한 명 더 있었고, 아빠로
보이는 남자도 집 안쪽에서 소리 없이 움직이며 일을 거들고 있었는데 뭔가
분위기가 베트남 사람들 같지 않았다. 간판이며 실내 인테리어도 보통의 베
트남 식당과는 확연히 달랐다. 그 당시만 해도 잘 쓰지 않은 파스텔 톤의 페
인트칠이며, 플라스틱이 아닌 나무로 된 검은색 테이블과 의자며, 베트남에
서 흔히 볼 수 없는 소품들까지. 낡은 집이었는데도 참 세련되고 예뻤다. 속
삭이듯 조용조용히 얘기를 나누며 일하는 모습이 어딘가 모르게 활기차 보
였고, 시끌시끌한 보통의 베트남 식당 풍경과는 다른 모습에 특별한 사연 같
은 걸 상상하고는 했다. 그러면서도 이상하게 직접 물어보고 싶지는 않았다.
뭔가 그냥 바라보고 싶은 사람들이었다.

아빠와 딸이 다정하게 오토바이를 타고 와 반독농을 포장해 간다.

달랏에 갈 때면 그 집의 반둑농을 먹었다. 점심을 먹고 여기저기 다니다가 출출할 때쯤이면 자연스레 발길이 그 집으로 향했다. 얼핏 보면 서양식 수프 같기도 하고, 여러 가지 재료를 넣고 끓인 국 같아 보이기도 하지만 먹어 보면 예상과 다른 맛인 반둑농. 쌀가루와 타피오카 가루를 불려서 익힌, 꼭 풀을 쑨 것처럼 물컹한 반죽을 담고 그 위에 볶은 돼지고기와 목이버섯, 샬롯, 고수, 튀긴 두부, 메추리알 등의 고명을 얹는다. 그러고는 느억맘 베이스의 달콤한 소스를 넉넉히 붓는다. 소스가 배어들면서 반죽은 점점 더 부드러워져 씹을 새도 없이 꿀떡꿀떡 넘어간다. 순하고 달달하고 말캉말캉한 반둑농

사라진 그 집의 반둑농은 맛만큼이나 비주얼도 근사했다.

은 적당히 따뜻해서 오후가 되면 선선해지는 달랏 날씨에 잘 어울렸다. 돼지고기와 목이버섯, 샬롯, 느억맘 같은 재료 모두 베트남 음식에 단골로 들어가는 것들이고 반죽도 특별하달 게 없는데 아주 새로운 음식이 되었다.

유난히 파란 하늘과 시시각각 변하는 뭉게구름이 근사한 도시. 달랏의 오후에 먹는 반둑농의 맛은 피어오르는 구름과 닮았다. 오후 4시. 시원한 바람이 불기 시작하는 그 시간, 창밖 구름은 더 낮게 더 하얗게 드리우고 내 입안도 마음도 흰 구름 같은 몽글몽글함으로 가득해졌다.

그랬던 그곳이 어느 날 사라졌다. 대학생들에게 인기가 많은 집이었으니 장사가 안 돼서 그런 건 분명 아닐 텐데 왜 문을 닫았을까. 그렇게 예쁘게 꾸며 놓은 가게를 어디로 옮겨 간 걸까. 셔터를 내린 그 집 앞을 서성이며 나는 한

참을 상상했다. 또 어딘가로 옮겨 가서 마술처럼 작고 사랑스러운 가게를 열고 사람들에게 추억을 만들어 주고 있을 거라고. 나에게 반둑농의 맛을 알려 주고 사라진 그 집, 조용하고 신비로웠던 그 사람들 그리고 거기에서 처음 먹었던 반둑농의 그 맛이 그립다.

한참 뒤에 호찌민에도 유명한 반둑농 집이 있다는 정보를 얻었다. 늦은 오후에 딱 몇 시간만 파는 집이라 때를 놓치면 못 먹는다고 해서 어느 날 호찌민에 도착하자마자 그 집으로 부랴부랴 달려갔다.

골목에 들어서는 순간, 우선 분위기부터 살핀다. 가게 앞의 나무 사이로 사람들이 보인다. 아직 영업 중이다. 식당이라고 해 봐야 좁은 마당에 아무렇게나 펼쳐 놓은 파란색 목욕탕 의자뿐인데 손님들이 가득하다. 포장을 해 가는 손님도 많아서 주인과 종업원은 정신이 없다. 주문을 받고 반둑농을 담고 쉴 새 없이 새 손님을 맞이한다. 주문이 제대로 들어갔는지 의심이 될 정도인데 신기하게도 빈 의자를 찾아 앉기만 하면 어김없이 순서를 지켜 가져다준다. 이러니 주인의 자부심이 하늘을 찌른다. 반죽이 담긴 큰 냄비를 옆에 두고 연신 국자로 푹푹 떠서 그릇에 담고 있는 콧대 높은 주인과 꽤나 무뚝뚝한 종업원들. 불친절까지는 아니지만 뭔가 쌀쌀맞은 서비스에 마음이 좀 서운해지려 할 때 반둑농이 나왔다.

157

'자, 이걸로 기분 푸셔.'

꼭 그렇게 말하는 듯 내 앞에 놓인 반둑농. 달랏의 그 집이 사라진 뒤 처음 먹는 거라 더 반갑다. 맛없기만 해 봐라 벼르고 있던 나는 한 입 먹자마자 바로 마음이 풀어져 버렸다. 샬롯과 목이버섯, 돼지고기와 빨간 고추, 힐끗힐끗 보이는 노란 녹두가 표면을 덮고 있다. 커튼을 열듯 숟가락으로 살살 길을 내고 자작자작 잠겨 있는 반죽을 살핀다. 달랏의 그것보다 약간 더 찰기가 있지만 역시나 부드럽다. 생고추도 적당히 들어가 달랏의 순한 느낌과는 또 다르다. 그리고 달랏에서 먹을 때는 마치 미스터리한 사연이 있는 집에 초대된 것처럼 비현실적인 느낌이었는데, 호찌민의 반둑농 집 분위기는 뭔가 치열한 삶의 현장 속으로 들어온 것 같다. 고요하고 평화롭고 순한 달랏의 반둑농 대신에 얻은 진하고 맵고 에너지 넘치는 호찌민의 반둑농. 호찌민의 반둑농은 언제까지나 사라지지 않기를 바란다.

어디에서 먹든 반둑농은 마치 두세 시간짜리 충전지 같다. 아직 남아 있는 하루를 더 견뎌야 하는데 에너지가 바닥난 것 같을 때 잠깐 사용할 만큼의 힘을 반둑농이 채워 준다. 저녁 먹을 시간이 그리 멀리 않으니 이 작은 한 그릇이면 충분하다. 호찌민의 어느 골목에서 나는 지금 오후의 에너지를 충전 중이다.

어느새 가게 문을 닫는 시간이 다가오고 나는 마지막 한 숟가락을 입에 넣으며 허겁지겁 달려오는 사람들의 모습을 여유 있게 바라본다. '거기 세 번째 분까지는 드실 수 있겠네요' 생각하면서 말이다. 호찌민에 도착해 맞는 첫 오후가 이렇게 흘러간다. 호찌민에 온 환영 인사를 반둑농에게서 제대로 받는다. 지금 혹시 호찌민을 여행하고 있다면, 늦은 오후 출출한데 저녁을 먹기에는 이르거나 낯선 곳에서의 여행에 조금쯤 지쳤다면 반둑농 집을 찾아보라. 몽글몽글 반둑농이 기운을 주고 기분을 풀어 줄 것이다.

바야흐로 베트남은 나의 전성시대
반짱느엉

달랏에서 시작되어 호찌민으로, 하노이로 중부의 여러 도시로 퍼져 나가고
있는 베트남 간식계의 최강자 반짱느엉Bánh Tráng Nướng. 10여 년 전이었나 달
랏 야시장 부근에서 스멀스멀 목격되기 시작했을 때만 해도 이렇게까지 파
란을 일으킬 줄은 몰랐다. 누가 먼저 팔기 시작했는지 알 수 없지만 이 아이
디어는 백만 불짜리다. 장사하는 사람들, 먹는 사람들, 구경하는 사람들, 무
수히 많은 이들을 이렇게 간단한 방법으로 사로잡았으니 말이다.

유치원부터 대학교까지 하교 시간이 임박한 학교 앞에는 반짱느엉 장수들이
어김없이 나타난다. 교문 앞에, 어느 골목집 앞마당에, 가게와 가게 사이 빈
공간에 수업이 끝나기만을 기다렸다는 듯 좌판을 펼친다. 뭐 대단한 준비랄
것도 없다. 숯불과 긴 막대, 반짱, 양념 그릇 몇 개가 전부다.

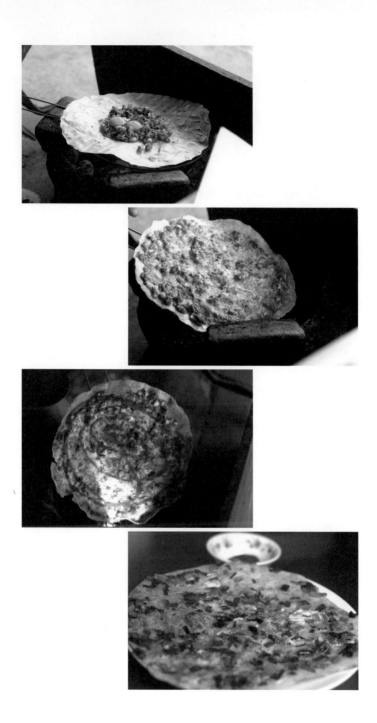

만드는 순서나 레시피가 가게마다 조금씩 다르지만 보통은 먼저 반짱 한 장을 숯불에 올린다. 그 위에 파 기름을 넉넉히 얹고 달걀이나 메추리알을 깨서 얹는다. 이때부터 양손이 바쁘게 움직여야 한다. 파와 달걀을 잘 섞으면서 달걀이 굳기 전에 빠르게 반짱 위에 펼쳐 준다. 반짱이 얇아서 금세 타기 때문에 토핑을 펼치는 동시에 반짱을 조금씩 돌려 주면서 잘 살펴야 한다. 이 과정에서 달인의 면모가 드러난다. 작대기 하나로 빚어내는 손놀림이 환상적이다. 이제 마무리 단계다. 소시지나 치즈, 붉은 새우 가루 등 가게마다 개성을 드러내는 고명을 더하고 소스를 뿌린다. 마요네즈나 칠리소스, 토마토케첩으로 누군가는 동그랗게, 누군가는 점점이, 또 누군가는 지그재그로 선을 그리며 마지막 아트를 펼친다.

보통 반짱느엉은 노천에서 파는데 하도 인기가 많다 보니 전문으로 하는 가게도 생겼다. 바야흐로 반짱느엉의 전성기인 것이다. 달랏에서 꽤 유명해진 반짱느엉 가게의 메뉴판에는 토핑에 따라 주르륵 번호가 매겨져 있는데 20여 가지나 된다. 비슷비슷한 재료들이라 만들 때 헷갈릴 것만 같다. 번호대로 맞게 올리려나 의심하고 있는 찰나, 옆 테이블에서 17번을 외친다. 주인은 메뉴판은 확인도 않고 바로 반짱을 불에 올리고 달걀과 육포, 치즈와 소시지를 망설임 없이 척척 얹는다.

달걀이 익을 정도의 시간, 그만큼만 기다리면 어느새 뚝딱
만들어진 반짱느엉이 내 앞에 놓인다. 그렇게 완성된 반짱느
엉은 피자처럼 펼치거나 반을 접어서 주는데 나는 바사삭 기
분 좋은 소리를 내며 먹을 수 있는 접은 모양을 좋아한다. 책
한 귀퉁이를 접은 걸 영어로는 도그스 이어dog's ear라고 한다
는데 접힌 반짱느엉을 볼 때마다 그 단어가 생각난다. 좋아하
는 페이지 그래서 다시 읽고 싶은 페이지를 접어 둔 모양을
닮은 반짱느엉. 나는 마음속 나만의 간식 수첩에 반짱느엉 페
이지를 예쁘게 접어 두었다. 언제든지 펼쳐볼 수 있도록.

어느 날엔 인적이 조금 드문 곳에서 조용히 장사 중인 할머
니를 만났다. 간판 밑에 작은 글씨로 '초중고생 우대'라고 쓰
여 있었다. 안 그래도 전혀 부담 없는 가격인데 거기서 또 깎
아 준다니 주머니가 가벼운 아이들을 위한 주인 할머니의 마
음이 느껴졌다. 가게를 연 지 얼마 안 되었는지 반짱 돌리는
손길은 좀 느리지만 꼼꼼하게 정성을 다해 구워서 다른 집보
다 더 고소했다. 맛있게 먹고 돈을 내려는데 할머니는 우대
가격으로 받으시겠단다. 멀리 한국에서 왔다고 말이다. 극구
사양했지만 물러서지 않는 할머니. 나는 다시 학생이 된 듯
기분이 좋아져서 그 골목을 나왔다.

165

반짱느엉의 발상지답게 달랏은 끝없이 반짱느엉을 변주하고 있다. 비슷하지만 그 안에서 저마다의 창의성이 발휘되는 이 멋진 간식은 다른 도시로 건너가 또 조금 다른 스타일로 변모한다. 판티엣에는 바닷가 도시답게 '맘루옥'이라는 젓갈 소스를 바른 반짱맘루옥이 있다. 생달걀 대신 익힌 메추리알을 쓰고 절인 야채가 올라가며, 구우면서 젓가락을 이용해 돌돌돌 말아 준다.

이렇게 도시마다 다른 스타일의 반짱느엉이 생겨나고 있으니 이제 새로운 도시에 가는 즐거움이 하나 더 생긴 셈이다. 학교가 파하는 오후 두세 시쯤, 도시 구석구석에서 따다닥 따다닥 반짱느엉 구워지는 소리가 들리기 시작한다. 그러면 나는 그곳이 어디든 짐짓 뒷짐을 지고 어슬렁어슬렁 반짱느엉 탐색에 나선다.

판티엣 스타일 반짱느엉.

167

소꿉장난 같은 풀빵의 반전味
반깡

며칠 전 뉴스에서 어느 항공사의 달랏 취항 소식을 들었다. 달랏. 그 이름만
들어도 내 마음속에는 벌써 눈부시게 파란 하늘과 하얀 뭉게구름이 피어오
른다. 머릿속에 꽉 차 있던 뿌연 미세 먼지가 확 걷힌다. 달랏의 상징인 쑤언
흐엉 호수와 노란 미모사 꽃이 피는 고산에서 재배되는 커피. 열대 지방에서
는 보기 드문 딸기와 특별하고 귀한 식재료인 아티초크. 아름다운 꽃과 싱싱
한 채소와 그것들만큼이나 신선해서 자꾸 깊게 깊게 들이마시고 싶은 공기.
1930년대에 지어진 기차역과 나무로 만든 기차까지. 누군가 달랏에 대해 말
해 달라고 하면 나는 그렇게 숨도 안 쉬고 자랑을 늘어놓는다.

세상에는 수많은 멋진 도시들이 있겠지만 나의 1순위는 언제나 달랏이다.
파리를 준다 해도 하와이를 준다 해도 바꾸고 싶지 않은 도시, 나만 알고 싶
은 귀한 장소, 숨겨 두고 나만 가고 싶은 여행지. 그곳이 내게는 달랏이다. 사
람들이 이 멋진 곳을 알게 되기를 바랐다가도 금세 언제까지나 아무도 몰랐
으면 좋겠다는 이중적 감정이 늘 일어난다. 그런 내 마음과는 상관없이 달랏
은 사실 이미 유명할 대로 유명한 곳이다. 그래도 직항이 없을 때는 조금 안
심했다. 국내선으로 갈아타거나 6시간 이상 버스를 타는 번거로움이 사람들
의 발길을 조금이라도 줄여 주니 말이다.

169

그런 달랏을 서울에서도 한 번에 갈 수 있게 되다니. 이제 더 많은 여행자들이 달랏을 찾을 것이다. 그럼 조용하고 평화로웠던 달랏은 조금 더 소란하고 복잡해지겠지. 나만 차지하고 싶은 욕심을 버려야 할 때가 왔다. 어차피 숨겨진 여행지라는 것은 더 이상 불가능한 세상이 아니던가. 그리고 한 번에 날아갈 수 있게 되면 나 또한 얻게 되는 것들이 있다. 가령 이런 꿈같은 하루가 가능해지는 것이다. 이른 아침 서울에서 출발해 오후에 달랏에 도착한다. 가방만 얼른 숙소에 던지고 나온다. 저녁 먹기 전 우선 이곳으로 직행한다. 분홍색 성당에서 가까운 이 집에서 반깡 Bánh Căn 을 먹는다!

동그란 풀빵 틀에 쌀 반죽을 부어 굽는 반깡*은 반죽만 붓는다고 끝나는 것이 아니다. 반죽을 부은 후에는 빠른 손놀림으로 숙주 약간과 메추리알이나 달걀을 얹고 황토로 만든 작은 뚜껑을 일일이 열었다 덮었다 하면서 굽는다. 슬쩍 보면 아이들 소꿉장난처럼 별거 아닌 거 같지만 은근히 손이 많이 간다. 길거리 간식이라고 대충은 없다. 게다가 귀여운 생김새와 다르게 알면 알수록, 먹으면 먹을수록 묘한 무게감이 느껴지는 간식이다.

★
'바인깐'이 표준 발음이지만
달랏 사람들은 이렇게 발음한다.

가스를 쓰면 편할 텐데 반깡은 꼭 나무를 때서 굽는다. 그러다 보니 하얀 반죽 겉에 까뭇까뭇 그을음이 묻기도 하는데 꼭 불장난을 한 개구쟁이 얼굴 같다. 잘 구워진 반깡을 접시에 담을 때는 2개를 위아래로 마주 보게 겹쳐 놓는다. 캐스터네츠처럼 겹쳐진 반깡 한쪽을 뚜껑처럼 들어 올린다. 짝짝짝 캐스터네츠 소리 대신 뜨거운 김이 피어오른다. 반깡의 하얗고 노란 속살이 드러난다. 이 자체로만 먹어도 맛있는데 이런 반깡을 더 맛있게 하는 핵심 소스가 있다. 풀빵은 천진난만한 아이 같고, 소스는 지극히 어른스럽다. 심지어 취향에 따라 향이 진한 젓갈을 첨가해서 먹을 수도 있다. 아삭아삭한 풋망고도 채 썰어 넣어 파 기름 때문에 살짝 기름지구나 느낄라치면 새콤함이 비집고 들어오니 끝 맛이 개운하다.

벌써 몇 해 전이다. 달랏에 왔을 때 아침 산책을 하다가 어느 낯선 골목으로 걸어 들어간 일이 있었다. 햇빛이 유난히 눈부셨던 그날, 도로 아래쪽으로 좁고 길게 난 그 골목에서 차 한잔을 마셨다. 아침 장사가 거의 끝나 정리를 하고 있는 어떤 가게에 들어가 차를 파냐고 물었다. 고민을 잠깐 한 주인은 이내 앉으라고 의자를 권했다. 그리고 옆에서 일을 돕던 아들에게 뭔가 얘기를 하자 아이는 신나게 집 안쪽으로 뛰어갔다. 시선으로 아이를 따라가니 아이는 마당 한쪽에 놓인 소박한 장식장 속에서 고이 모셔 둔 예쁜 유리잔을 조심조심 꺼냈다. 달랏의 하늘만큼이나 파란 유리잔. 주인은 귀하고 반가운 사람에게 대접하듯 아끼는 유리잔에 차를 따라 주었다. 녹차보다 연하고 향긋한 꽃향기가 나던 차의 맛이 아직도 기억에 남아 있다. 맛있는 차와 수줍음 많은 아이의 미소, 마당 안에 가득한 아침 햇살과 부드러운 바람. 살다 보면 그런 날이 있다. 선물처럼 주어지는 완벽한 날. 그날의 아침처럼 말이다. 찻값을 내려고 했지만 주인은 한사코 거절했다. 나는 장사를 위한 손님이 아니었다.

나는 차를 마시고 주인은 하던 정리를 계속했고 간간이 우리는 대화를 나눴다. 뭔가를 닦고 있었는데 지금 생각해 보니 그게 바로 반깡을 만드는 틀이었다. 거의 새 거였으니 장사를 시작한 지 얼마 되지 않은 것이 분명했다. 지금쯤 그 집의 반깡 틀은 어떻게 변해 있을까? 기름이 먹여지고 세월이 내려앉아 까맣게 반짝거리고 있겠지. 장식장을 열어 유리잔을 가져다주던 아이는 청년이 되어 있겠다.

직항을 타고 달랏에 도착하는 그날의 상상이 여기까지 흘러왔다. 아, 달랏에 가고 싶다. 아무래도 바로 날아가야겠다. 반깡을 먹고, 까만 제비가 날아오르는 달랏의 저녁을 맞이하고, 다음 날 아침엔 오랜 기억을 더듬어 그 골목을 한번 찾아 나서야겠다. 따뜻한 환대를 선물해 준 사람들이 만든 반깡은 어떤 맛일지 맛보고 싶다. 객관적인 평가는 불가능할지도 모르겠지만 말이다.

사부님, 저도 한 쌈 싸 보겠습니다
반컷

'지금 내가 살고 있는 평범한 이 동네 어딘가에 엄청난 고수들이 숨어 있다.'

이런 생각이 들 때면 언제나 심박수가 약간 상승한다. '위장을 하고 살다가 그
들이 필요해지는 어떤 때가 오고, 모두가 모여 뭔가 어마어마한 일을 해낸 후
유유히 원래의 자리로 돌아간다'는 뭐 새로울 것 없는 이 스토리가 나는 좋다.
그리고 가끔은 나도 무림의 고수를 알아챈다. 아무리 정체를 감추고 있어도
나한테 들키고 만다. 붕따우Vũng Tàu에서도 나는 그를 알아보고야 말았다.

호찌민의 뜨거운 태양에 지친 날이면 사람들은 호찌민에서 가장 가까운 바닷가 도시로 해수욕을 떠난다. 사이공강에서 출발하는 쾌속선으로 1시간 반이면 도착하는 해안 도시 붕따우. 쾌속선을 타고 시내를 빠져나가면 뿌리가 밖으로 드러나 뭔가 전위적인 분위기를 풍기는 맹그로브 나무 군락지가 펼쳐진다. 그렇게 한참 강 위를 달리면 어느 순간 나무들은 사라지고 넓은 바다가 계속되다가 붕따우에 닿는다. 선착장을 뒤로하고 오른쪽 도로를 따라가면 산 위에 우뚝 서 있는 높이 32m의 예수상이 보인다. 산 정상에 올랐다고 끝이 아니다. 핵심은 예수상 안에 있다. 133개의 계단을 따라 예수상 어

깨까지 가자. 바깥으로 연결된 그곳에서 바닷바람에 마구 헝클어진 머리를
추스르며 내려다보는 풍경은 거기까지 오른다고 비 오듯 흘린 땀에 대한 보
상이다.

산에서 내려와 왼쪽으로 조금 더 내려가면 해수욕장이다. 냐짱Nha Trang이나
무이네처럼 럭셔리한 리조트들이 즐비한 해변이 아니다. 사람들은 숙소에
서 수영복으로 갈아입고 맨발로 아스팔트 길을 건너 수영을 하러 가고, 한쪽
에서는 어부들이 배와 그물을 손질하고 있다. 삶과 여행이 섞여 있는 소박한
해수욕장이다. 해수욕을 즐긴 후 출출해졌다면 이제 붕따우의 유명한 간식
반컷Bánh Khọt을 만날 시간이다.

한창 복잡한 시간, 지글지글 반컷을 굽고 있다. 동그란 틀마다 쌀 반죽을 붓고 싱싱한 새우를 한 마리씩 착착 올리며 굽는다. 새우 살이 어찌나 탱글탱글한지 역시 바닷가 도시답다. 반컷을 굽는 풍경도 장관이다. 나무를 때서 굽는데 여러 명이 옹기종기 둘러앉아 긴 집게를 재빠르게 움직인다. 반죽 위에 생새우를 터프하게 던지고 속까지 잘 익으라고 뚜껑을 덮었다 열었다 한다. 손이 어찌나 빠른지 보고 있으면 저절로 감탄하게 된다. 35°C가 넘는 날씨에 뜨거운 불 앞에서 장갑과 마스크까지 끼고 쉴 틈 없이 반컷을 굽는 그들이 그날 처음 만난 고수들이다.

다 구운 반컷을 접시에 담고 새우 가루를 아낌없이 뿌려 준다. 포슬포슬한 새우 가루에 이 집의 비법이 담긴 건지 다른 어떤 곳에서 먹은 반컷보다도 고소하다. 반컷은 그냥 먹지 않고 여러 가지 채소에 싸서 소스에 찍어 먹는다. 대충 쌈을 싸서 입에 넣고 있는데 내 옆에 앉은 이의 모습이 눈에 들어왔다. 여자 친구와 반컷을 먹으러 온 청년. 처음엔 그저 나처럼 평범한 손님이려니 했다. 그런데 잠시 그들 쪽으로 눈을 돌렸을 때 그의 손놀림이 나의 레이더에 잡혔다. 오늘의 두 번째 고수가 등장했다.

싱싱한 새우 한 마리씩을 얹어서 굽는 반컷. 위에 뿌린 오렌지색 새우 가루가 고소함을 더한다.

그는 쌈 싸기 고수다. 싸는 데 한 치의 흐트러짐이 없다. 곁들여 나온 채소 어느 하나도 놓치지 않겠다는 듯 자신만의 순서대로 착착 감싸 쥔다. 거의 한 손만, 왼손만 사용한다. 오른손은 거들 뿐이다. 마지막으로 반컷과 채 썬 파파야를 올리고 드디어 말기 시작한다. 아, 마는 실력도 보통이 아니다. 힘 조절에 요령이 있는 듯 슬슬 만 거 같은데도 쫀쫀하게 말린다. 그리고 소중히 한 입을 베어 문다. 베어 문 단면이 얼핏 보인다. 색의 조화까지 완벽한 그 빈틈없는 아름다움이라니. 놀라운 건 그러면서도 여자 친구에게 절대 소홀하지 않는다는 것. 그녀에게 보내는 과하지 않으면서도 다정한 호응. 그 여유라니. 일일이 맞장구치면서도 손은 멈추지 않는다. 손은 침착하게 쌈을 싸고 귀는 여자 친구를 향해 온전히 열려 있다.

어느 순간 그가 나의 시선을 느낀 듯하다. 나의 존경스러운 시선을 눈치챈 고수는 찰나의 순간 뿌듯한 표정을 지었다. 나를 향해 고개를 까딱, 눈을 깜빡인 것 같았다. 나는 그 순간에 분명 우리 사이에 무언의 대화가 오갔다고 믿는다.

'잘 보셨지요? 베트남 쌈은 이렇게 즐기는 겁니다. 이 한 쌈을 위한 모든 것, 어느 하나도 허투루 대해서는 안 됩니다.'
'네. 사부님. 저도 한 쌈 싸 보겠습니다.'

그리고 그는 떠났다. 느닷없이 나타나 한 수 가르쳐 주고 표표히 떠난 쌈의 고수. 그 후 나는 쌈을 쌀 때마다 그 고수를 생각한다. 그날부터 내 마음속 쌈 싸기 사부로 모시고 있다. 기품 있는 손길, 결코 서두르지 않고 정성을 다해 먹는 즐거움을 만들어 가던 사부. 나도 그처럼 점점 실력을 키울 테다. 직접 적인 사사는 없었지만 만약 이런 제자가 탄생한 걸 알게 된다면 사부도 분명 히 기뻐할 것이다.

나의 삶은 아주 일찍부터 너무 늦어버렸다는 소녀에게
반꽁

사덱. 사덱. 사덱……

'사덱'Sa Đéc이라는 낯선 이름을 소리 내어 불러 볼 때면 떠오르는 것들이 있다. 베트남에서 태어난 프랑스 작가 마르그리트 뒤라스와 그녀의 첫사랑. 너무 빨리 어른이 된 소녀와 프랑스령 식민지 시대의 베트남. 굽이치는 메콩강과 벗어나기 힘든 가난. 열대의 태양과 바람, 설명할 수 없는 인간의 감정과 저마다의 슬픔.

뒤라스의 자전적 소설 《연인》의 배경이 된 도시가 바로 '사덱'이다. 소설과 영화로 먼저 알게 되어 그럴까. 많은 도시 중에 사덱만큼 상상력을 자극한 이름도 없었다. 《연인》의 주인공 소녀는 사이공에 있는 기숙 학교에 가기 위해 사덱에서 나룻배를 타고 메콩강 지류를 건너며 강물을 바라본다. "메콩강과 그 지류만큼 아름답고, 유유하고, 야성적인 강은 아마 내 평생 다시 못 볼 것"이라는 어머니의 말을 떠올리면서.

몇 년 전까지만 해도 베트남 남부 메콩강 유역의 도시에 가기 위해서는 페리를 타야 했다. 지금은 다리가 놓여 대부분 차를 타고 건너지만 그리 크지 않은 배에 사람들과 차, 오토바이를 빽빽이 싣고 강을 건너던 그때에는 더욱 《연인》의 문장과 장면이 또렷이 살아났다. "펠트 모자를 쓴 소녀가 강물의 레몬 빛을 온몸으로 받은 채 난간에 팔꿈치를 괴고 나룻배의 갑판 위에 홀로 서 있는" 쓸쓸한 장면이 눈앞에 펼쳐지는 듯했다.

사덱에는《연인》속 남자 주인공의 실제 모델이자 뒤라스의 연인이었던 후
인투이레Huỳnh Thủy Lê의 집이 남아 있다. 나의 사덱 여행은 거기에서 출발한
다. '나의 삶은 아주 일찍부터 너무 늦어버렸다'고 회상하는 소녀와 함께다.
사덱 여행은 어쩔 수 없이《연인》과의 여행이 된다.

메콩강을 산책할 때는 '아름답고 유유하고 야성적인' 강의 모습을 찾고, 후인투이레의 고가를 둘러보면서는 소녀를 사랑한 중국인 남자와 뒤라스가 사랑한 남자를 겹쳐 놓고, 수백 가지 꽃을 키우는 꽃마을에서는 소녀가 쓰고 다니는 펠트 모자의 장밋빛을 떠올린다. 눈에 보이는 사덱은 화사하고 평화롭지만 '이 슬픔이 내 연인'이라고 고백하는 소녀 때문인지 왠지 조금 쓸쓸한 기분이 된다. 그렇게 며칠 사덱을 여행하다가 어느 작은 식당 앞에서 이 간식을 만났다. 그제야 나의 여행이 조금 명랑해졌다.

멀리서 언뜻 보면 크기와 모양이 딱 머핀처럼 생긴 반꽁Bánh Cống. 꽁은 스테인리스로 만든 손잡이가 긴 국자 모양 틀의 이름이다. 거기에 반죽을 붓고 알갱이가 살아 있는 녹두와 간 돼지고기, 약간의 돼지기름을 넣는다. 다시 반죽과 얇게 채 친 코아이몬Khoai Môn, 타로으로 내용물을 덮고 마지막에 새우를 보기 좋게 얹은 뒤 기름에 튀긴다. 돼지기름이 녹아들면서 각각의 재료를 융화시켜 독특한 풍미가 만들어진다.

머핀처럼 생긴 반꽁. 삐죽삐죽 코아이몬이 월계관 같다.

반꽁 1인분을 시켰더니 딱 하나가 나왔다. 입을 크게 벌리면 한입에도 들어갈 크기의 반꽁에 십자로 칼집을 냈다. 칼집을 따라 벌리면 안에 든 내용물이 모습을 드러낸다. 아직 속은 식지 않아 여린 김이 피어오른다. 어리지만 마음이 꽉 찬 사람처럼 반꽁이 왠지 기특하게 느껴졌다. 뭔지 모를 야무짐을 간직한 반꽁 하나와 곁들임 야채를 앞에 두고 사뭇 사람들이 먹는 모습을 바라본다. 모두 작은 반꽁을 갈라서 천천히 즐기고 있다. 단지 배를 채우기 위한 것이 아니라는 듯 욕심내지 않고 한 조각씩 천천히 소중하게 음미한다.

반꽁을 맛있게 먹던 나는 순간 옆을 돌아보았다. 《연인》의 소녀는 여전히 내 옆에 가만히 앉아 있다. 나이보다 빨리 어른이 되지 않았더라면, 그런 시절이 아니었다면 친구들과 몰려와 까르르 웃으며 먹었을지도 모를 작디작은 반꽁 하나를 나는 소녀에게 내밀었다.

애들은 가라, 진짜 어른들의 간식이 왔다
파러우

숯불에 까맣게 그을린 세월의 때가 묻은 물주전자, 커피를 담아 두는 낡은 도기, 마치 그 가게의 일부처럼 앉아 있는 나이 지긋한 단골들. 노포 커피 집에서만 느낄 수 있는 오래된 것들의 아늑함이 좋아 호찌민에 갈 때마다 들르는 카페가 있다. 쩌런Chợ Lớn이라고 불리는 5군의 큰 시장 안에 있어 시장 구경은 덤이다. 운이 좋으면 가게 바로 앞에서 골동품 같은 수동식 기계를 내놓고 생두 볶는 모습을 볼 수 있다고 한다. 혹시 오늘은 볼 수 있으려나 기대를 품고 오후가 시작될 무렵 카페를 찾았다. 한산한 카페에는 노인 몇 분이 조용히 커피를 마시고 있다. 시장 상인들은 시원한 물청소로 오전 장사의 흔적을 깨끗이 지우고, 그 자리에는 오후 장사를 위한 새로운 좌판이 펼쳐진다.

그런데 나의 시선이 한 곳에서 멈췄다. 카페 건너편 노점으로 사람들이 계속 들락날락한다. 들어갈 때는 더위에 지친 표정인데 나올 때는 뭔가 만족스러운 얼굴이다. 사람들의 발길이 조용히 이어지고 있는 저 집에서는 도대체 무엇을 팔고 있는 걸까. 테이블에 걸쳐 둔 조그마한 간판. 파러우보Phá Lấu Bò라고 쓰여 있다.

불그죽죽한 소스에 썰지 않은 큼직한 내장이 적나라하게 담겨 있는 모습에 '아유, 징그러워' 하면서 절레절레 고개를 흔들고 지나갔던 파러우. '보'라고 쓰여 있으니 소 내장으로 만든 파러우다. 한국식 내장 요리는 잘도 먹으면서 이상하게 오랫동안 외면해 왔던 파러우를 만날 때가 온 것인가. 인생도 음식 도 역시 타이밍이다. 느긋한 오후의 시장. 한바탕 물청소로 태양의 열기가 식 혀지고 물기가 증발되면서 나른해진 공기 속에 파러우 냄새가 섞여 들었다. 나는 홀린 듯 카페에서 나와 파러우 집으로 걸어 들어갔다.

벌집양, 대창, 곱창, 천엽, 막창 등의 내장을 종류대로 한두 점씩 썰고 국물을 담는다. 향채는 라우람Rau Răm 한 가지만 심플하게 얹었다. 담음새가 반전이다. 우락부락 험상궂은 덩어리들을 이렇게 얌전하고 차분하게 담다니.

자, 이제 인생 첫 파러우를 맛볼 시간이다. 내장 특유의 냄새를 없애 줄 진한 향신료를 썼겠지 했는데 웬걸, 향은 순하고 풍미가 묵직하다. 커리와 코코넛 밀크, 계피, 거기에 향채의 상쾌함까지 스며든 국물 속에 폭 잠겨 있는 내장들을 하나하나 건져 먹는다. 어떤 건 쫄깃하고, 어떤 건 부드럽고, 어떤 건

호로록 넘어간다. 아, 누가 파러우를 징그러워 못 먹겠다 했던가. 건기의 호찌민, 더위의 정점을 살짝 넘긴 시간. 잘 삶아진 고소한 내장을 씹고 있으니 더위에 바닥났던 에너지가 서서히 차오른다. 따뜻한 국물은 반미에 흠뻑 찍어 남김없이 다 비웠다.

가게 손님은 다 어른들이다. 하긴, 내장의 오묘한 맛을 아이들이 즐기기란 쉽지 않을 것이다. 아이들이 웬만해서는 넘보지 못할 강력한 비주얼도 한몫했겠다. 파러우는 어른들의 간식이다. 징글징글한 세상사 하나쯤 경험해 본 이들. 별별 일들이 다 벌어지는 인생이지만 살다 보면 그 속에 거부할 수 없는 묘미가 있음을 아는 어른들 말이다.

더할 나위 없이 솔직한 모양과 거친 외양 안에 깃든 다채로운 질감의 그 맛, 나는 드디어 파러우를 만났다.

플랑플랑 달콤함이 춤을 춘다
반플랑

반플랑Bánh Flan 또는 반까라멘Bánh Caramen이라고 하는 간식을 파는 하노이 구 시가지의 작은 가게. 아무런 장식도 없는 소박한 공간에서 사람들은 대충 놓여 있는 플라스틱 의자에 앉아 반플랑을 먹는다. 지름 5cm도 안 되는 푸딩으로 입을 크게 벌리면 한입에 충분히 들어가는 크기다. 순두부처럼 부드러워서 접시를 흔들면 반플랑이 춤을 춘다. '찰랑찰랑', '플랑플랑' 소리가 들리는 것 같아 종업원이 반플랑을 들고 다가오면 괜히 귀를 기울여 본다.

반플랑은 만드는 법을 알고 나면 더 기특하다. 설탕을 끓여 틀 바닥에 깔고 그위에 달걀과 우유와 바닐라 에센스를 섞어서 부어 준다. 그러고는 뜨거운 김에 잠깐 찌면 완성이다. 이렇게 간단한 레시피로 훌륭한 간식이 되는 것이다.

일요일 오후, 늘 그렇듯 가게 안은 학생들과 젊은이들로 붐빈다. 그런데 할아버지 한 분이 가게 앞에 자전거를 세운다. 할아버지는 북적북적 재잘거리는 아이들 틈에 홀로 고요하게 앉는다. 오래된 자전거는 오후 햇빛에 반짝이고 할아버지는 반플랑을 시킨다. 허름하지만 깨끗한 옷차림에 낡은 중절모와 선글라스까지 갖춰 쓴 할아버지 앞에 달랑 놓인 반플랑. 할아버지는 찻숟가락으로 한 숟갈 한 숟갈 정성을 다해 스스로에게 귀한 것을 선물하듯 드신다. 다 드신 후에도 한참을 그대로 앉아 멍하니 생각에 잠기셨다. 아이를 데리고 온 젊은 부부가 들어와 앉을 곳을 찾으니 손짓해 자리를 내어 주며 그제야 일어서신다. 자신만의 비밀스러운 의식은 끝났다는 듯 자전거를 타고 유유히 사라진다.

우리 돈 천 원도 안 되는 어떻게 보면 보잘것없는 간식. 베트남 사람들은 그것을, 그것을 먹는 시간을 소중히 여기는 듯 보인다. 작은 것들이 주는 소소한 즐거움의 가치를 알고 마음껏 누리며 사는 이들은 좀 멋지다. 겉으로 보이는 우리의 삶은 점점 화려해지고 삶을 유지하는 비용도 자꾸 커진다. 어떤 디저트는 밥 한 끼보다도 비싸고, 텔레비전 속 먹방, 쿡방, 맛집 프로그램들에서 보여 주는 온갖 음식은 때로 우리를 주눅 들게 한다. 그래서 지금 이 가게 풍경이 더 반갑다. 소박한 군것질거리도 제대로 즐기는 낭만이 사라지지 않기를 바라며 반플랑의 달콤함을 나에게 선물한다.

후에 간식 삼총사

반베오, 반봇록, 반넘

1,700가지 베트남 음식 중 1,300가지가 후에Hué에서 비롯되었다는 위키피디아의 설명은 사실일까. 정확한 건 알 수 없지만 후에에 가면 눈과 입을 즐겁게 만들어 주는 음식이 넘쳐나는 건 맞다. 희귀하고 화려한 음식부터 더없이 아기자기하고 소박한 음식, 다른 지역에서는 보지 못한 음식까지. 과거 응우

옌Nguyễn 왕조의 수도였던 도시답게 궁중 음식부터 서민 음식까지 총망라하여 만날 수 있으니 역사와 미식에 관심 많은 여행자라면 후에는 베트남 여행에서 꼭 가 봐야 할 도시다. 그래서 다낭, 호이안에 간다는 이들을 만나면 가는 김에 후에도 꼭 들르라고 당부한다.

하노이에서 출발하는 밤 기차를 타면 다음 날 아침에 후에 역에 도착한다. 도시의 명성에 비해 아담한 역에 내려 곧바로 후에의 대표 국수 분보후에Bún Bò Huế 집으로 직행하는 것이 나의 여행 루틴이다. 매콤한 양념을 듬뿍 넣은 분보후에 한 그릇을 먹어야 비로소 후에에 도착한 것을 실감한다. 좁은 침대 칸에서 웅크렸던 몸을 확 풀어 주는 뜨끈한 국수를 먹고 숙소로 들어가 짐을 풀고 잠깐 눈을 붙인다. 일어나면 어느새 점심시간이 훌쩍 지나 있다. 다시 골목 밖으로 걸어 나와 도시를 관통하는 흐엉강을 따라 산책을 한다. 후에를 걷고 있노라면 이상하게도 여행의 종착지에 도착한 것 같다. 안도감과 편안함. 후에는 늘 내게 그런 기분을 안겨 준다. 게다가 후에에는 내가 아끼는 간식 '삼총사'가 있다.

◀반베오.　▶ 반봇록.

삼총사의 첫째는 반베오Bánh Bèo다. 간장 종지만 한 작은 그릇 안에 묽은 쌀가루 반죽을 붓고 찐 다음 새우 살과 파기름 그리고 튀긴 돼지 껍질을 얹는다. 느억맘과 매운 고추 소스를 뿌리고 숟가락으로 떠서 한입에 먹는다. 빈 반베오 그릇을 식탁 위에 착착착 쌓아 올리며 뿌듯하게 미소를 지어 본다.

삼총사 중 둘째는 반봇록Bánh Bột Lọc이다. 부드러운 반베오와 달리 쫄깃하고 탱글탱글하다. 타피오카 반죽 안에 새우와 기름기 많은 돼지고기를 넣고 바나나 잎에 싸서 찌는 반봇록. 익으면 투명해지니 껍질째 넣은 새우가 빨갛게 비쳐서 우선 '예쁘다'라는 말부터 나온다. 그렇다고 맛은 그저 그런가 보다 생각한다면 오산이다. 반베오와 마찬가지로 느억맘 소스에 찍어 먹는데 현지인이건 여행자이건 반봇록 싫어한다는 사람은 본 적이 없다. 쫄깃쫄깃한 반봇록을 오물거리다 보면 반베오에 대한 충성심이 살짝 흔들리려고 한다.

이제 삼총사의 막내인 반넘Bánh Nậm을 만나러 간다. 처음에는 세 가지 중 맛 순위에서 가장 밀리지 않나 생각해 막내로 정했는데 시간이 지나니 순서를 바꿔야 하나 싶다. 역시 무엇이든 오래 두고 사귀어 봐야 그 진가를 알게 되는가 보다. 나뭇잎을 접어놓은 것처럼 납작하게 접시에 엎드려 있는 반념. 바나나 잎을 벗기고 숟가락으로 긁어서 입에 넣는다. 반죽은 보드랍고 찌기 전미리 양념해서 볶아 넣은 소의 맛은 다채롭다. 나이가 들면서 내 입맛이 달라진 걸까. 먹으면 먹을수록 이제 삼총사의 일등 자리를 줘야 하는 게 아닌가 하는 생각이 강해진다.

반념.

203

비슷한 듯하지만 맛도, 생김새도, 개성도 뚜렷한 후에 간식 삼총사. 옛 왕조의 도시 후에는 간식마저도 이렇게 정성스럽고 아름답다. 후에의 고급음식 세계를 한 번쯤은 제대로 경험해 보리라 다짐하지만 과연 잘 될지는 모르겠다. 늘 그런 마음으로 가도 길거리 국수와 개성 넘치는 간식들만 실컷 먹다가 돌아오게 되니.

P.S. 반봇록의 판티엣 버전, 반꽈이박Bánh Quai Vạc을 소개한다. 엄지손가락한 마디는 될까 싶은 초미니 반꽈이박 안에는 더 조그만 새우가 동그랗게등을 말고 있다. 꽈이는 귀를, 박은 하얀색을 말하는데 그러고 보니 생김새가 꼭 아기 귀처럼 생겼다. 귀염성 부문에서 상을 준다면 일등이 틀림없다.

달콤하게 간을 한 소스에 버무린 반꽈이박이 커다란 양푼 안에 차곡차곡쌓여 있다. 오후 햇살을 받은 반꽈이박이 반짝반짝 보석처럼 빛난다. 가게 주인이 단 게 좋으냐 매운 게 좋으냐 묻는다. 가만히 보니 한쪽에는 아무것도 섞지 않은 반꽈이박이, 다른 한쪽에는 실파와 얇게 썬 고추가 섞여있는 반꽈이박이 들어 있다. 매운 쪽을 선택하니 양푼 안에 한데 엉켜 있는 것을 한 알 한 알 떼어 내 예쁘게 담아 준다. 접시에 놓인 작디작은 포크를 손에 쥐면 마치 소인국에 나들이 온 거인이 된 것 같다.

반꽈이박.

오렌지빛을 먹다

반깐남포

베트남의 고도古都 후에 근교에는 유명한 마을이 많다. 향을 만드는 마을, 전통 공예품을 만드는 마을, 베트남을 상징하는 삼각 모자 논라에 수를 놓는 마을, 도자기 마을 등 유난히 전통을 지키는 마을이 많다. 남포라는 마을의 특산품은 국수다. 꼭 마을 이름을 붙여 반깐남포Bánh Canh Nam Phố라고 불러야 한다.

겨울에 떠난 여행이라 후에에도 비가 잦았다. 춥다고 할 수는 없지만 왠지 으슬으슬한 날에 반깐남포를 먹으러 갔다. 오후 두세 시가 되어야 팔기 시작하는, 정식 식사라기보다는 간식에 가까운 국수를 만나러 간다. 베트남 국수에 대한 책을 낸 적이 있는데 그때는 미처 발견 못 했던 국수다. 사진으로 봤던 특이한 모양새가 맞는지 얼른 확인하고 싶은 마음에 발걸음이 빨라진다.

남포 마을까지는 못 가고 후에 시내에 있는 가게를 하나 찾았다. 중고등학생들이 이미 자리를 꽉 채우고 있다. 학생들에게 이렇게 인기 있다면 달달한 맛이겠거니 하며 얼른 남아 있는 한 자리를 차지했다. 하늘은 우중충한데 아이들은 날씨 따위는 아랑곳없이 수업이 끝났다는 해방감에 신이 났다.

직접 본 반깐남포는 사진보다 훨씬 더 독특하다. 온통 반투명의 오렌지빛이다. 마치 부드러운 젤리 덩어리 같다. 젓가락으로 먹는 국수가 아니다. 국수 그릇에 쿡 찔러 준 작은 숟가락으로 먹어야 한다. 반깐남포를 푹 떠 입으로 가져가려는데 무언가가 숟가락을 붙든다. 국수가 치즈처럼 쭈욱 늘어난 것이다. 신기해서 자꾸 숟가락을 높이 올려 본다. 오렌지빛으로 기분을 업시켜 놓더니 한 숟갈 뜰 때마다 또 즐거움을 준다.

보통의 국수와 다르게 반깐남포는 면과 고명의 경계가 모호하다. 쫄깃한 반투명 면과 몽글몽글한 소스를 섞은 수프라고 해야 할까. 면은 쌀가루와 타피오카 가루로 반죽을 한 뒤 짤주머니에 넣고 끓는 물에 조금씩 짜 넣어 익힌다. 그래서 면의 길이가 짧다. 소스는 새우와 돼지고기를 곱게 갈아서 작은 완자로 만들어 넣고 끓이다가 타피오카 가루로 농도를 조절한다. 아름다운 색을 위해 붉은 씨앗을 빻은 가루를 사용한다. 면 위에 소스를 부어 내주면 고추를 듬뿍 넣어 매콤하게 먹으면 된다.

작은 그릇, 작은 숟가락, 아이들의 재잘거림 속에서 부드럽고 따뜻한 오렌지빛 국수 한 그릇을 비운다. 흐린 날에도 환하게 빛나는 반깐남포의 화사함과 기분 좋은 끈적임. 다음에는 꼭 남포 마을로 가서 먹어 봐야겠다.

지친 여행자를 구원하는 한낮의 노란 반달
반코아이

누군가 내게 베트남을 그려 보라고 하면 나는 아마도 노란색 물감부터 찾을 것이다. 베트남을 떠올리면 저절로 눈부시게 환한 노란색이 배경으로 칠해진다. 잘 익은 망고와 잭프루트, 녹두 알맹이와 미모사 꽃의 색깔. 그 색은 내가 가장 좋아하는 색이고 실제로도 베트남 거리에서 자주 만나게 되는 색이다.

정오를 지나 오후로 넘어가는 시간. 벽에 칠해진 노란색 페인트가 열대의 태양빛을 반사하고, 짙은 초록의 야자수와 잎 넓은 나무가 가지를 드리워 주고, 삼각 모자를 쓴 누군가가 지나가면서 노란 벽에 그림자를 만들어 주기라도 하면 나는 그 아름다운 풍경에 넋을 잃고 만다.

그러니 내가 어찌 반코아이Bánh Khoái에 반하지 않을 수 있겠나. 반코아이를 처음 만난 건 후에에서였다. 뜨거운 한낮에 너무 열심히 왕궁을 돌아보다 파김치가 되어 버린 나는 그만 정문이 아닌 눈앞에 보이는 작은 문으로 서둘러 빠져나오고 말았다. 너른 광장 같은 정문 쪽 분위기와는 다르게 소담한 마을이 바로 나타났다. 점심시간이 지나서 오전 장사를 마치고 문 닫은 가게가 대부분이었는데 한 곳이 장사를 시작하려고 불을 피우고 있었다. 반코아이 집이었다.

작은 무쇠 프라이팬에서 구워 낸 노란 반달 모양 부침개는 작은 별까지 동반하고 등장했다. 베트남 말로 케Khé라고 부르는 스타프루트와 나란히 접시 위에 놓인 반코아이는 더위에 지쳐 몽롱해진 여행자의 몸과 마음에 그야말로 한줄기 '달빛'을 뿌려 주었다.

쌀가루와 강황 가루를 섞은 반죽을 먼저 팬에 붓고, 새우와 숙주 그리고 돼지고기를 곱게 갈아 만든 완자 '저송'Giò Sống을 동글동글하게 떼어 넣었다. 기름을 넉넉히 넣어 장작불의 높은 열로 튀기듯 구워 내 달 표면처럼 울퉁불퉁하고 바삭바삭하다. 다 익으면 반을 접는데 잘 접히지도 않을 정도로 안에 내용물이 꽉 찼다. 이걸 야채와 라이스페이퍼에 싸 먹는데 새콤한 스타프루트와 얇게 저민 푸른 바나나를 더하면 맛이 훨씬 풍부해진다.

반코아이는 베트남에 다녀온 사람들이라면 한 번쯤 먹어 봤을 반쎄오Bánh Xèo와 비슷하면서도 다르다. 저송 대신 삶은 돼지고기와 불린 녹두를 넣는 반쎄오는 뜨겁게 달궈진 커다란 웍에 묽은 반죽을 붓고 웍을 재빨리 돌려 익히기 때문에 크레페만큼 얇다. 지름이 30cm가 거뜬히 넘는 반쎄오가 상을 꽉 채우는 화려함과 푸짐함을 자랑한다면 반코아이의 승부수는 귀여움이다. 반쎄오를 테이블 가운데에 두고 사람들과 둘러앉으면 마치 잔칫날 같고, 손바닥만 한 반코아이를 마주할 때면 왠지 소꿉장난을 하던 어린 시절로 돌아간 듯하다. 작고 귀여워 노랑이 더 어울리는 반코아이. 귀여움이 세상을 구원한다는데 최소한 그날 후에에서 더위에 지쳐 구경이고 뭐고 포기했던 여행자 한 사람은 확실하게 구원해 주었다.

호찌민시 변두리의 어느 거리에서도 반코아이를 만난 적이 있다. 하교 시간
에 맞춰 문을 연 가게 주인은 웃음이 많고 명랑한 사람이었다. 나무를 때서
열심히 반코아이를 만들던 주인은 불 살피랴 반코아이 반죽이 타지 않는지
살피랴 정신이 없을 법도 한데 웬걸 여유가 넘쳤다. 착착 구워 내 한쪽에 차
곡차곡 쌓으며 곧 들이닥칠 손님들을 기다렸다. 화로 3개를 놓고 쉬지 않고
구워 내는 반코아이는 단순했다. 두께도 얇고 속에 넣은 것도 많지 않았는데
이게 참 그렇게 꿀맛일 수가 없었다.

1인분에 3개. 빨간 테이블에 앉아 노란 반코아이를 하얀 반짱과 초록 야채와
함께 먹으니 세상이 알록달록해 보였다. 노랑이 있는 베트남 풍경은 언제나
이렇게 좀 멋지다.

간식계의 미니멀리스트
반저이

호찌민시 1군에는 오후 2시에 문을 여는 인기 반미 집 '반미 후인호아'Bánh Mì
Huỳnh Hoa가 있다. 줄 서지 않으려고 오픈 시간에 맞춰서 나왔는데 멀리서 봐
도 벌써 줄이 길어 발걸음을 재촉한다. 그런데 반미 집 조금 못 미친 골목 앞
에 한 행상을 둘러싸고 모여 앉아 있는 사람들이 눈에 들어왔다. 맛있는 반미
가 코앞에 있는데 그걸 안 먹고 여기에? 그렇다면 그냥 지나칠 수 없다. 반미
집이야 내일 가도 되지만 이 행상이 내일도 여기에 있다는 보장은 없지 않은
가. 나는 가던 길을 멈췄다. 반미 집 앞에 줄을 서는 대신 이쪽을 선택했다.

플라스틱 함지와 플라스틱 쟁반 그리고 먼지가 들어가지 않도록 동그랗게
씌운 비닐. 고개를 쭉 빼고 뭘 파나 살핀다. 비닐 너머로 바나나 잎과 짜꾸에
Chả Quế와 저루아Giò Lụa가 보였다. 짜꾸에와 저루아는 돼지고기를 갈아서 뜨
거운 김에 찌는 베트남식 소시지다. 바나나 잎 밑에는 반저이Bánh Giấy라고 부
르는 동글납작하게 빚은 찹쌀떡이 있다. 찹쌀떡 2개 사이에 소시지를 끼워
마치 미니 버거처럼 만들어 후추를 톡톡 뿌려 건네준다.

계피 향 나는 짜꾸에를 넣은 반저이.

217

바나나 잎을 떼어 내고 찹쌀떡과 소시지를 한 입 베어 문다. 계피 향 소시지와 찹쌀떡의 심플한 하모니. 쫄깃함과 부드러움이 입안에서 편안히 어우러지더니 마지막에 후추 향을 남긴다. 뭔가 우직하고 순수한 맛이다.

원래 반저이는 반쯩Bánh Chưng과 더불어 음력설에 먹는 음식으로 베트남 사람들에게 중요한 의미가 있다. 네모난 모양의 반쯩은 땅을, 동그란 모양의 반저이는 하늘을 상징한다. 왕위를 물려줄 사람을 뽑기 위해 어느 왕이 자식들에게 의미 있는 음식을 찾는 과제를 내 줬는데, 한 왕자가 신비한 꿈을 꾼 뒤에 이 음식을 만들었고 왕자는 마침내 왕이 되었다고 전해진다. 베트남 전설 속의 음식을 길 위에서 간식으로 만났다. 그러니 만약 당신이 우연히 반저이를 먹게 된다면 베트남의 소울을 맛보는 행운을 만난 것이라고 생각해도 좋다.

반저이를 먹고 근처 카페에서 커피를 마시고 있을 때 조금 전 만난 반저이 상인이 지나갔다. 아까 그 자리에서 다 팔았는지 함지를 끼고 가는 발걸음이 가볍다. 행상과 눈이 마주쳤다. '완판'의 자부심, 전통을 응용한 간식을 다루는 이의 자부심 가득한 눈빛. 그래, 오늘 선택은 옳았다. 어떤 날엔 반미보다 반저이다.

낮잠 후엔 달콤한 코코넛 국수가 기다리지
반땀비

굽이치는 황톳빛 메콩강이 흐르는 곳. 새벽이면 그 강 위에 큰 시장이 서는 베트남의 남쪽 도시 껀터. 남쪽으로 향할수록 태양은 더 뜨거워지고 하루는 그만큼 더 빨리 시작된다. 그렇게 부지런히 하루를 열기 때문일까. 한낮이 되면 사람들의 모습은 아침과는 사뭇 달라진다. 1막을 무사히 마치고 잠시 쉬는 시간을 갖는 배우들처럼 숨을 고른다. 대도시에서보다 살짝 긴 낮잠으로.

수상시장으로, 학교로, 직장으로 저마다 숨 가쁘게 달려가 일을 무사히 마치고 돌아온 이들은 점심식사 후 밀려드는 졸음에 어딘가에 머리를 기대고 잠시 몸을 눕힌다. 저마다의 고요한 멈춤으로 오전의 피로를 덜어 내고 남아 있는 하루의 반을 시작할 태세를 갖춘다. 캄캄한 새벽부터 바삐 움직인 이들이 다디단 잠에 빠졌다가 깨어난다. 새벽부터 수상시장 구경에 나섰던 여행자도 숙소로 돌아와 까무룩 졸다 눈을 뜬다.

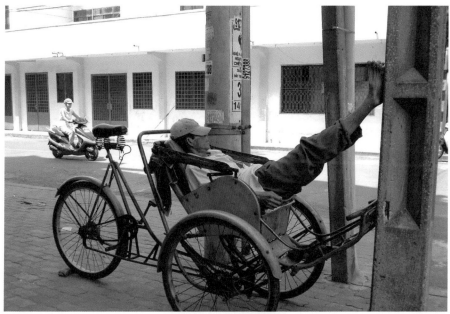

해가 설핏 누그러진 공원에 아이들이 보이기 시작하고, 오
후의 간식 가게들이 문을 연다. 거기, 깨어나기 싫은 낮잠처
럼 달콤한 반땀비 Bánh Tằm Bì 가 있다. 반땀비는 코코넛 밀크 비
빔국수다. '비'라고 불리는 돼지고기 껍질을 얇게 채 썰어 쌀
가루에 버무려 넣고, 삶아서 가늘게 찢은 돼지고기 살코기도
넣고, 당근과 향채, 땅콩도 듬뿍 넣는다. 국수 면도 특색 있
다. 반땀비의 '땀'의 사전적 의미가 '누에'인 것으로 봐서는
모양 때문에 붙인 이름일지도 모르겠다. 반죽을 떼어 동그랗
게 만들고 양 손바닥으로 비벼 길게 늘인 면발은 매끈하지
않고 울퉁불퉁해서 누에와 닮았다. 쌀가루에 묻힌 돼지 껍질
이 독특하지만 그건 식감을 즐기게 해 주는 역할이고, 반땀
비를 매력적으로 만들어 주는 건 단연 소스다. 코코넛 안쪽
에 붙어 있는 하얀 과육을 긁어 즙을 낸 코코넛 밀크에 타피
오카 전분을 조금 섞어 걸쭉하게 끓인다.

아무리 단 걸 멀리하는 사람이라도 반땀비의 은은한 달콤함은 거부하기 힘들 것이다. 코코넛 소스로 버무려진 반땀비를 먹는 동안 몸과 마음은 달콤한 낮잠을 즐길 때처럼 편안하게 풀어진다. 뜨거운 태양에 지친 입맛이 돌아온다. 열대의 날씨에 지지 않을 여유가 생긴다.

후루룩 반땀비 한 그릇을 비우고 명랑하게 가게를 나선다. 나는 못 부는 휘파람이라도 불고 싶어져 입술을 동그랗게 오므려 본다. 휘이~ 휘이이~

동굴 같은 그곳에서 아이스크림 한 입
껨짱띠엔

짱띠엔은 하노이 호안끼엠 호수에서 오페라하우스로 갈 때 지나야 하는 길의 이름이다. 초입에는 크고 화려한 백화점이 있고 걷다 보면 서점과 갤러리, 기념품 가게를 만날 수 있는 그 길에 '동굴'이 하나 있다. 사실 진짜 동굴은 아니다. 가게의 한쪽 공간이 꼭 동굴 같은 느낌을 준다. 특히 뜨겁고 습한 하노이의 여름에는 더 그렇다. 그곳은 아이스크림 '껨'Kem을 파는 매장이다. 다양한 종류의 껨이 있는데 나는 특히 포장지를 안 씌우고 파는, 어린 시절에 먹었던 '아이스케키'를 닮은 막대기 하드를 좋아한다.

가게가 짱띠엔 거리와 면해 있어 길가에서 바로 사도 되지만 나는 늘 '동굴' 안으로 들어간다. 간판을 바라보고 왼쪽의 어두운 터널 같은 곳으로 쑥 들어가면 카운터가 또 있다. 밖은 눈부시고 안은 어두침침해 눈이 적응하는 데 잠깐 시간이 걸린다. 어딘가에 종유석이 있어 물이 똑똑 떨어질 것만 같다. 어둠에 적응한 눈동자가 공간을 서서히 살핀다. 오토바이를 수십 대 주차하고도 남을 넓은 공간에 한 번 놀라고, 그 공간을 가득 채운 많은 사람들에게 한 번 더 놀란다. 손주를 데리고 온 할아버지, 세워 둔 오토바이 위에 앉아 조용히 혼자 아이스크림을 먹는 사람, 친구들끼리 서로 다른 맛을 사서 나눠 먹는 이들.

한걸음 내딛기 힘들 만큼 무더운 날에도 '동굴' 안은 서늘하다. 아이스크림
하나면 흐르던 땀은 일시 정지. 밖으로 나가면 다시 줄줄 흐를 테지만 그 순
간 그곳은 최고의 피서지다.

껨짱띠엔Kem Tràng Tiến. 'Since 1958'의 역사를 가진 아이스크림은 지금도 아이 어른 할 것 없이 모두에게 사랑받고 있다. 값비싸거나 대단할 것 없는 보통 의 막대 아이스크림과 콘이지만 맛이 꽤 훌륭하다. 사각거리면서도 부드러 운 촉감에 종류마다 주재료의 맛과 향이 잘 담겨 있다. 연보라색의 타로 맛 부터 녹두 맛, 두리안 맛 그리고 하노이 특산물 찐쌀 꼼Cốm이 들어간 독특한 맛까지 베트남다움을 잘 살렸다. 가게에는 의자가 없는데 그게 또 그곳만의 분위기를 만들어 준다. 사람들은 각자 좋아하는 맛의 아이스크림을 들고 서 서 그렇게 잠시 더위를 식히고 미련 없이 떠난다.

언제부턴가 껨짱띠엔을 먹을 때마다 베트남 북쪽 끝 사핀 시장을 떠올린다. 나의 여행 버킷리스트에 최근 추가한, 이름하여 '사핀 시장 아이스크림 어 택!' 때문이다. 대략 일주일에 한 번, 깊은 산속에서 열리는 사핀 장날에 가 장 붐비는 곳은 의외로 아이스크림 노점이었다. 아이스'크림'이라고 부르기 에는 좀 많이 모자란, 오렌지향 가루를 물에 휘휘 타서 얼린 조악한 '하드'를 스티로폼 박스에 담아 와서 파는데 정말 불타나게 팔렸다. 거의 모든 아이들 이 입에 하나씩 물고 있었다. 그 광경을 본 뒤 하노이로 돌아와 껨짱띠엔을 먹는데 갑자기 머릿속에 즐거운 상상의 불이 반짝 켜졌다.

'껨짱띠엔을 싣고 사핀 시장에 가서 아이들에게 맛보여 주는 거야!'

227

만약에 정말로 그런 날이 온다면 뭘 준비해야 할까. 껨은 몇 개가 필요할까. 하노이에서부터 냉동차를 빌려서 간다면 비용은 얼마가 들까. 하노이에서 출발하는 방법이 있고, 사핀 시장과 가장 가까운 도시인 하장까지 간 뒤 거기에서 껨을 조달하는 방법이 있을 수 있다. 아무래도 하노이에서 싣고 가야 더 다양한 종류의 껨을 맛보여 줄 수 있겠지? 아이스크림 파티를 위한 체크리스트는 자꾸 길어지고 있다.

서늘한 '동굴' 안에 들어와 있으니 밖으로 나가기가 싫다. 껨이나 하나 더 사 먹으며 사핀 시장 아이스크림 수송 작전이나 짜 봐야겠다.

사핀 시장에서 파는 아이스케키.

우정의 맛

옥렌싸오즈아

나만큼이나 베트남을 좋아하는 친구와 의기투합하여 '호찌민 1년 살기'를 했던 적이 있다. 베트남에서 2년 동안 자원봉사를 하며 만난 친구와 나는 한 국으로 돌아와서도 그곳이 몹시 그리워 얼마 후 결국 다시 짐을 싸고 말았 다. 다시 돌아간 호찌민에서 우리는 아무 목적도 없이 마음껏 베트남을 누 렸다. 베트남어 공부를 하고 요리 학원을 다니면서 어떤 날에는 호찌민 근 교를, 또 어떤 날에는 멀리 베트남의 오지를 여행했다. 그러던 어느 날 뭔가 에 대한 서운함으로 종일 친구에게 심통을 부렸다. 전날 요리 학원에서 배운 옥렌싸오즈아Ốc Len Xào Dừa를 해 보자고 재료를 사다 두었지만 아무것도 하기 싫었던 나는 벽을 보고 누워 있었다.

친구는 혼자서라도 만들어 보기로 결심했는지 달그락달그락 움직였다. '옥 렌'이라는 고둥의 끝을 잘라 내려고 칼로 내리치는 소리가 꽤 오랫동안 들 렸고 물 쓰는 소리, 도마질 소리, 윅 젓는 소리, 코코넛 밀크를 따르고 끓이는 소리가 잔잔하게 들려왔다. 등 뒤로 흐르는 소리는 ASMR처럼 마음을 가라 앉혀 주었고 나는 깜빡 잠이 들었다. 눈을 뜨니 달콤하고 고소한 내음이 방 안에 가득 차 있었다.

마늘과 레몬그라스, 옥련을 차례로 기름에 볶다가 코코넛 밀크를 넣어 끓이는 옥련싸오즈아. 싸오는 '볶다', 즈아는 '야자'라는 뜻으로 베트남 남부에서 주로 먹는다. 사 먹을 때는 쉬워 보여도 막상 만들려면 손이 많이 간다. 친구는 몇 시간을 들여 옥련싸오즈아를 완성하고는 속이 아파 누워 버렸다. 평소 신경을 쓰면 바로 위 아픈 증상이 나타나고는 했는데 그날도 그랬다. 서운한 마음을 터놓고 이야기하지 못하는 내 성격 때문에 하루 종일 힘들었을 친구를 생각하니 미안함에 마음이 무거웠다.

나는 혼자 옥렌싸오즈아를 먹었다. 쪽 빨면 고둥 살이 입안으로 쏙 들어왔다. 딱딱한 고둥의 끝을 하나하나 칼로 잘라 준 덕분이다. 나중에 시장에서 옥렌 다듬는 모습을 봤는데 펜치를 사용해야 하는 작업이었다. 그걸 칼로 했으니 힘들었을 것이다. 달콤한 코코넛 밀크와 레몬그라스의 산뜻한 향도 입안으로 빨려 들어온다. 친구는 아프고 슬퍼 누워 있는데 나는 염치없이 맛있게 먹기만 했다. 그날의 옥렌싸오즈아를 내가 다 먹었는지, 나중에 친구와 같이 먹기도 했는지, 내가 어떻게 화해의 말을 건넸는지, 아니 건네기나 했는지 정확한 기억은 없다. 하지만 그날의 소리와 냄새 그리고 그 맛은 또렷하게 기억한다.

친구끼리 여행을 떠났다가 싸우고 돌아왔다는 얘기를 종종 듣는다. 마음이 상한 나머지 우정을 포기할 뻔한 이야기도. 옥렌싸오즈아는 그런 사람들에게 권하고 싶은 간식이다. 따뜻한 코코넛 밀크에 몸을 담그고 있는 옥렌을 집어 호로록 먹다 보면 서운함은 스르르 사라질 것이다. 도란도란 이야기를 나누고 싶어질 것이다.

우리의 우정은 여전히 계속되고 있다. 친구는 어떤지 몰라도 나는 그게 옥렌싸오즈아 덕분이라 생각한다.

233

바라바라바라밥! 경적을 울리며 달려 달려
짜람밥

눈을 감고 그 작은 가게를 생각하면, 그곳에서 먹은 짜람밥Chả Ram Bắp을 떠올리면 감은 눈앞에 기분 좋은 빗방울이 떨어진다. 짜람밥을 먹고 돌아가는 길에 흠뻑 맞은 달랏의 깨끗하고 시원한 비가 떠오른다. 오랜만에 땀므아Tắm Mưa를 즐긴 어느 오후가 말이다.

땀므아. 번역하면 그냥 단순히 '비 샤워'이지만 이곳 사람들이 그 단어를 말할 때면 그리움과 아련함과 돌아가고픈 어떤 시절이 함께하는 것 같다. 옷이 젖으면 어쩌나 감기에 걸리면 어쩌나 하는 걱정도 없이 친구들과 그저 깔깔거리며 빗속을 뛰어다니면 그만이었던 어린 시절. 땀므아는 그렇게 각자의 기억 속에서 유년의 소중한 한때를 불러오는 회상 버튼 같은 말이다.

달랏의 부이티쑤언Bùi Thị Xuân 거리. 오토바이 한 대가 간신히 지나갈 수 있는 어느 좁은 골목 끝에 대를 이어 운영하는 짜람밥 가게가 있다. 평지에서 서너 계단 정도 내려가 있는 가게는 대낮에 가도 그늘이 짙게 진다. 그날은 오후가 되면서 흐려지더니 식당에 도착할 즈음에는 비가 내리기 시작했다. 비 냄새에 섞여 드는 맛있는 튀김 냄새가 기분 좋게 고여 있는 가게. 한쪽에서는 짜람밥을 돌돌 말고 있고, 또 한쪽에서는 지글지글 튀기고 있다. 근처 대학교의 학생으로 보이는 청년들, 아이를 데리고 온 엄마, 포장을 해 가려는 사람들. 모두 한마음으로 주방 쪽을 바라보며 짜람밥이 맛있게 튀겨지기를 기다린다.

갓 튀긴 짜람밥이 나왔다. 그 내음 속에 익숙한 향이 섞여 있다. 옥수수다. 옥수수는 베트남에서 여러 간식으로 변주된다. 하노이에서는 옥수수 낱알에 가루를 입혀 튀겨서 먹고, 호찌민에서는 마른 새우와 함께 넣고 마가린이나 버터에 볶아 먹는다. '한 옥수수' 하는 강원도인인 내게는 반가운 메뉴들이다. 여기 달랏에는 짜람밥이 있다.

응오찌엔.

밥싸오.

찰옥수수 알갱이에 파와 양념을 넣고 라이스페이퍼에 말아 튀긴 뜨끈한 짜
람밥 하나를 집어 호호 불며 천천히 오물거리니 그렇게 쫀득하고 고소할 수
가 없다. 익숙하면서도 새롭게 느껴진다. 빗소리를 들으며 먹으니 후드득후
드득 비를 맞는 한여름의 옥수수밭이 머릿속에 그려졌다. 게다가 짜람밥에
게는 훌륭한 파트너가 있다. 우리의 된장과 비슷한 뜨엉Tương을 베이스로 해
서 만든 고소한 소스가 짜람밥의 매력을 더해 준다. 튀긴 짜람밥을 촉촉한
라이스페이퍼 위에 올리고, 곁들여 나온 부추와 당근, 양상추까지 넣고 돌돌
말아서 소스에 찍어 먹으면 몸과 마음이 순해진다.

비도 피할 겸 평소보다 천천히 짜람밥 한 접시를 먹었다. 그래도 비는 그칠 기미가 안 보이고 언제까지 그곳에 머물러 있을 수는 없어서 빗줄기가 약해진 틈을 타 출발했다. 그러나 가는 도중에 비는 다시 장대비로 변했다. 오토바이를 탄 나는 비를 쫄딱 맞으며 쑤언흐엉 호숫가를 달렸다. 비 맞은 생쥐 꼴을 하고서도 내 마음은 들뜨기 시작했다. 땀므아의 시간이다.

달려, 달려.
바라바라바라밥 짜람밥.
맛있는 여운은 그렇게 빗속의 경적이 되었다.

리픽스 맛 지도에 화룡점정
짜오스은순

여행을 하다 보면 어느 도시를 가나 맛집이 몰려 있는 거리가 있다는 걸 알게 된다. 하노이 구시가지의 리픽스Lý Quốc Sư도 그중 하나다. 하노이에 갔는데 여행 일정이 짧아 여러 군데를 둘러볼 시간이 부족하다면 맛있는 집 옆에 맛있는 집이 있고 그 옆에 또 맛있는 집이 있는 리픽스 거리로 가자.

소문난 쌀국수 맛집 퍼리픽스Phở 10 Lý Quốc Sư가 있고, 하노이 반미의 원조격인 가게 반미응우엔신Bánh Mì Nguyên Sinh이 있고, 베트남 간식의 대표 주자인 넴잔과 반고이를 파는 집 꽌곡다Quán Gốc Đa도 있다. 베트남 전통 절임 과일과 고춧가루에 버무린 푸른 망고 등을 먹음직스럽게 쌓아 놓고 파는 가게 오마이후엔베오Ô mai Huyền Béo를 지나 하노이 대성당 쪽으로 내려가면 라임 아이스티 짜짠Trà Chanh 하나로 손님이 끊이지 않는 가게도 나온다. 거리를 그려 놓고 맛집들 위치에 점을 찍고 이으면 시원하게 뻗은 일직선이 된다. 이렇게나 간단한 리픽스 맛 지도에 최근 화룡점정, 새로운 점 하나를 추가했다.

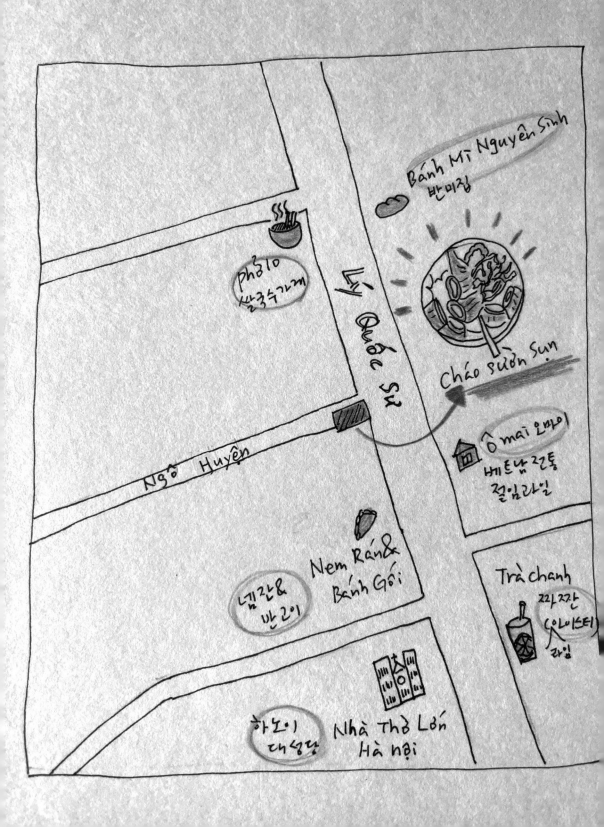

리퍽스 거리에서 여행자 숙소가 모여 있는 좁은 골목 어귀. 간판은 없지만 터프한 그라피티가 화려하게 그려진 벽면 아래에 냄비를 놓고 있는 노점을 주목해야 한다. 노점상은 보통 거리 쪽을 향해 앉아서 음식을 파는데 이 가게 주인은 면벽수행이라도 하는 듯 벽을 보고 앉아 있다. 메뉴는 오직 하나뿐이다. 짜오스은순Cháo Sườn Sụn.

벽 앞에 놓인 냄비에는 하얗고 걸쭉한 것이 가득 들어 있다. 죽, 죽은 죽인데 쌀을 가루 내어 끓인 거라서 풀죽 같다. 이거 한 그릇을 먹겠다고 사람들이 구름처럼 모여든다. 오후로 접어들 무렵, 그 집 앞을 지나가다 보면 손님이 그렇게나 많을 수가 없다. 테이블도 없이 어떨 때는 벽을 따라 다닥다닥 두 줄로 의자만 놓고 앉아 손으로 그릇을 들고 먹는다. 무질서함과 정신없음이 시장통 저리 가라다. 그걸 보고도 나는 콧방귀를 뀌었다. '풀죽이 풀죽이지 뭐, 심심하고 밍밍할 거야' 하며 별 관심을 주지 않고 지나다녔다. 그러던 어느 날 문득 '혹시나' 하는 생각이 들었다.

주인은 되직한 죽을 한 국자 담고 꿔이Quay *와 짜봉을 올려서 가져다준다.

그릇을 조심스레 들고 고명과 흰죽을 섞었다. 역시나 의외의 것이 들어

있다. 갈비다. 딱딱하지 않고 오도독오도독 재미나게 씹힌다.

먹다 보니 사람들 사이를 돌아다니는 양념통이 보인

다. 그 나라 사람들이 하는 건 모조리 시도해

본다는 나도 얼른 양념통을 넘겨받았다.

후추겠거니 했는데 뿌려 보니 고춧가

루다. 이건 신의 한 수다. 고춧가

루 조금 뿌린다고 뭐가 달라질

까 싶겠지만 과장을 좀 하면

딱 어울리는 반찬 하나를

얻은 것만큼의 효과가 난

다. 우리가 아는 '고춧가

루 뿌린다'라는 표현과

정반대다.

★
쌀국수나 죽에 넣어 먹는 튀긴 빵.

풀죽으로 배가 차려나 싶었는데 먹고 보니 꽤나 든든하다. 미로 같은 구시가지를 오토바이까지 피해 걸어 다니느라 퀭해진 얼굴의 여행자들을 보니 짜오스은순 한 그릇 먹여 보내고 싶어진다.

'왜 그래. 풀죽 한 그릇 못 얻어먹은 사람처럼. 이리 와서 한 그릇 해.'

그리고 그들의 손에 막 완성한 나의 리픽스 맛 지도를 옛다, 선심 쓰듯 한 장 건네주고 싶어진다.

싱그러운 너를 닮은 그린 파파야 샐러드
고이두두

1951년 사이공을 배경으로 하는 영화 〈그린 파파야 향기〉Mùi Gỏi Đu Đủ Xanh를 기억한다. 어느 부잣집의 집안일을 돕기 위해 시골에서 막 올라온 무이는 사람들 눈에는 잘 띄지 않는 아주 작은 것들, 이를테면 파파야 나뭇가지에서 떨어지는 새하얀 즙과 개미와 풀벌레 같은 것들을 사랑스럽게 바라본다. 마음속에 누군가를 두고 홀로 설레어 하지만 그 감정을 드러내지 않는다. 잔잔하게 흘러가는 이 영화가 오래도록 마음에 남아 있는 건 베트남과 나의 인연 때문일지도 모르겠다. 영화의 배경이 된 그 도시에서 이국의 언어를 들으며 3년을 살았고 그때의 삶에 늘 두두Đu Đủ, 파파야가 있었다.

어느 날 어린 무이는 풋파파야Đu Đủ Xanh로 샐러드 만드는 법을 배운다. 껍질을 벗긴 파파야를 한 손에 들고 무쇠 칼로 툭툭 내리쳐 칼집을 여러 번 낸 후 가로로 저미듯이 잘라 파파야 채를 만든다. 호기심으로 반짝이는 무이의 눈빛은 파파야 안에 알처럼 가득 찬 씨로 향한다. 무이는 사이공 햇빛 아래에서 눈부실 정도로 하얗게 빛나는 씨를 조심스럽게 만져 본다.

덜 익은 파파야는 과육도 씨도 하얀색이지만 익으면 180° 달라진다. 화려한 빛깔의 과일로 대변신한다. 껍질은 연한 노란빛으로, 과육은 선명한 주홍색으로 변하고, 씨는 까맣게 된다. 딱딱하고 아삭하던 것이 익으면 말랑말랑 부드러워지면서 독특한 향도 생긴다. 달콤하면서도 쿰쿰한 파파야 향은 처음 엔 조금 낯설지도 모르지만 한 번 두 번 맡다 보면 세상 향긋하게만 느껴진 다. 잘 익은 파파야는 어찌 보면 열대과일 중 으뜸으로 치는 망고보다도 매 력적이다.

익기 전의 파파야는 베트남 음식에서 빼놓을 수 없는 식재료이기도 하다. 썰어 놓으면 무와 비슷해 보이지만 식감이 훨씬 오독오독하다. 파파야는 분짜를 찍어 먹는 달콤한 소스에도, 소고기 비빔국수 분보남보에도, 봇찌엔Bột Chiên이라 불리는 독특한 부침개에도 빠져서는 안 된다. 그리고 오롯이 파파야가 주인공인 그린 파파야 샐러드가 있다. 호찌민에서는 고이두두Gỏi Đu Đủ, 하노이에서는 놈보코Nộm Bò Khô 그리고 달랏에서는 이름도 경쾌하게 쌉쌉Xắp Xắp이라고 부른다.

가늘고 길게 채 친 파파야, 촉촉한 육포 몇 점과 향채를 듬뿍 담고 느억맘 소
스를 자작하게 뿌리면 끝이다. 태국식 파파야 샐러드인 쏨땀과 다른 점은 보
코Bò Khô라고 불리는 소고기 육포를 얹어 먹는다는 것. 또한 간이 센 쏨땀을
먹을 때는 밥이 필수지만 베트남의 파파야 샐러드는 그 자체로 즐기기 좋다.
그런 파파야 샐러드 한 접시면 오후가 싱그러워진다.

하노이 구시가지에서 만난 놈보코 장수는 자전거 뒤에 채친 파파야를 가득
싣고 돌아다니며 그 자리에서 만들어 팔았는데, 살코기 육포는 물론 다양한
특수 부위를 얹어 주는 방식으로 인기를 끌었다. 그가 자전거를 세우면 주변
상점에서 일하던 사람들이 기다렸다는 듯 모여들었다. 배는 부르지 않으면
서 오후의 나른함은 가볍고 상큼하게 날려 주니 환영받는 게 당연하다.

'쌉쌉'이라고 부르는 달랏의 파파야 샐러드는 유난히 접시도 작고 양도 적었
다. 초등학교 근처에 있어 주로 꼬마 손님들이 찾는 가게라 그런지 정말 심
플하게 파파야, 육포, 향채만 얹었다. 다른 지역에서 먹은 샐러드는 대부분
기계로 썬 것 같았는데 이곳은 여전히 예전 방식대로 칼집을 내서 만드는지
채의 굵기가 유난히 가늘다. 영화 속 무이가 만든 파파야 샐러드와 가장 비
슷했다. 조잘조잘 아이들 틈에서 샐러드를 먹고 있자니 문득 하얀 파파야 씨
를 물끄러미 바라보던 순진무구한 무이의 얼굴이 떠오른다.

영화의 마지막, 성인이 된 무이는 이제 사랑하는 사람을 위해 파파야 샐러드를 만든다. 능숙하게 채를 쳐서 소복하게 담고 육포를 하나하나 정성껏 얹은 뒤에 양념을 조심조심 뿌린다. 맛있어져라, 맛있어져라 주문을 거는 것처럼.

Trong vườn nhà em có một cây đu đủ.

Quả đu đủ mọc từng chùm chín màu vàng nhạt.

Quả đu đủ chín ăn vừa mềm vừa ngọt đậm.

우리 집 정원에는 파파야 나무 한 그루가 있어요.

주렁주렁 열린 파파야가 옅은 노란색으로 익어 가요.

잘 익은 파파야는 부드러우면서도 아주 달아요.

무르익은 파파야 위로 거기까지 무사히 당도한 무이의 삶이 잠시 겹쳐 보였다.

그해 사이공 그 작은 방에서
하까오, 봇찌엔

방이 있었다.

창문 너머의 초등학교에서
아침 6시 반부터 들려오는 꼬마들의 재잘거림 때문에
어마어마한 수의 새 떼가 한꺼번에 우는 듯한 소리 때문에
도저히 늦잠 잘 수 없던 방.

땀을 뻘뻘 흘리며 한국어 학과 오전 수업을 마치고 들어가면
방바닥에 누워 까무룩 졸고 나야 좀 살 것 같았던
차가운 타일이 깔려 있던 방.

리모컨도 없는 구식 에어컨은 천장 가까이에 높이 달려 있어
더위에 잠이 깨면 책상 위에 올라가
비몽사몽 스위치를 딸깍 올려야 했던 방.

갑자기 정전이 되는 밤엔
창밖 키 큰 나무들 사이로 환한 달빛이 쏟아져 들어오던 방.

외출에서 돌아오면 방문 손잡이에
과일이며 음식을 담은 봉지가 걸려 있던
내게 한국어를 배우는 학생 방문객들로 자주 북적였던 방.

서로 잘 몰랐던 선후배 학생들이
그 방에 와서 우연히 만나고 친해져 언제나 까르르거리던 방.

그렇게 한참을 놀았는데도 뭔가 아쉬워지면
하까오_{Há Cảo}며 봇찌엔_{Bột Chiên} 같은 간식을 먹으러
다 함께 총총총 계단을 내려갔던 그리운 그 방.

하까오를 먹을 때 내 마음은 지금도 그 방으로 달려간다.
하까오처럼 작고 포근하고 아늑하게 감싸 주던 방.
안전하고 평화롭던 방.

▲만두와 비슷한 하까오.

▼ 붓찌엔.

지금도 '깍둑 부침개'라고 내가 이름 붙인 봇찌엔을 먹을 때면 내 방을 찾아
오던 반가운 학생 손님들의 노크 소리가 들린다. 설렁탕집 무김치처럼 생긴
쌀가루 반죽을 기름에 지지고, 다 익으면 달걀물을 풀어서 부침개처럼 한 덩
어리로 만드는 봇찌엔. 아삭한 파파야를 얹어 한 조각 떼어 먹으면 그 시절
내 작은 방에 옹기종기 둘러앉아 서툰 한국어로 마음을 전하던 학생들이 금
방이라도 옆에서 말을 걸 것만 같다.

내가 베트남의 간식을 사랑하게 된 건 하까오와 봇찌엔, 이 두 음식에서 비롯되었다. 그렇게 작고 애틋하고 소중한 마음을 그 학생들이, 그 간식들이 전해 주었다.

우리가 세상에 태어나 받는 사랑의 총량 같은 게 있을까. 그렇다면 아마 나는 그때 다 받았으리라. 그해 사이공 그 작은 방에서.

흔들흔들 달콤한 잠이 쏟아지는 해먹 카페로 가요
짜이즈아

도시의 외곽으로 통하는 국도변 어디쯤에는 반드시 까페 벙_{Cà Phê Vōng}이라고 불리는 해먹 카페가 있다. 나무와 나무 사이 해먹만 걸 수 있으면, 차양 밑이든 어디든 그늘만 생기면 어디라도 카페가 된다. 오래 운전해야 하는 트럭 운전기사들이 잠시 들러 모자란 잠을 자고 가는 곳이기도 해서 국도변에 유독 많다.

벽이 없는 카페는 자연 그 자체가 인테리어니 그림 액자도 비싼 조명도 필요 없다. 그곳에서 사람들은 맛은 별로 중요하지 않은 시원한 커피 한잔, 탄산음료 아니면 카페 입구에 아무렇게나 쌓아 놓은 코코넛 하나를 마시며 신발을 벗어던지고 지친 발을 잠시 쉬어 간다.

베트남 서부 고원 지대에 부온마투옷Buôn Ma Thuột이란 도시가 있다. 드라이삽
Dray Sap, 드라이누Dray Nur, 쟈롱Gia Long이라 불리는 3개의 폭포를 오전 내내 바
쁘게 돌아보고 시내로 돌아가는 길. 땀범벅이 된 나는 음료수 한잔과 뜨거운
태양을 피할 그늘이 간절해졌다. 상점 하나 보이지 않는 시골길을 한참 달리
다가 겨우 발견한 곳이 해먹 몇 개 늘어져 있는 이 집이었다. 길에서는 안 보
였는데 해먹이 걸린 곳으로 가니 저 멀리 시원하게 흐르는 강이 내려다보인
다. 아까 본 폭포에서 떨어진 물줄기가 이쪽으로 흘러 내려오는 모양이다. 대
충 흘려 쓴 간판 옆에 놓아둔 코코넛 주위로 강아지 한 마리가 꼬리를 흔들
며 알짱알짱거리고 있다.

나는 코코넛 열매 한 통 짜이즈아Trái Dừa를 주문한 뒤 해먹에 누웠다. 나무 기둥에 아무렇게나 매여 있는 해먹과 나무에서 갓 따온 것만 같은 초록색 코코넛만큼 낭만적이며 야생적인 조합을 놓쳐서야 되겠는가. 그늘 속에 누워 흔들흔들 해먹을 타며 바라보는 햇빛은 더 이상 밉지 않고 선풍기조차 없는데도 땀이 금세 말라 버렸다.

느릿느릿한 주인은 그제야 세월아 네월아 코코넛 열매 하나를 가지고 가더니 무쇠 칼로 윗부분을 툭 따내고 가져다준다. 빨대로 코코넛 물을 입안 가득 머금을 수 있을 만큼 머금고 해먹에 누워 조금씩 삼킨다. 그렇게 몇 번을 일어났다 누웠다 하며 마시고 나니 어느새 갈증은 가시고 몸도 알맞게 시원해졌다.

주인이 쓱 다가와 열매를 반으로 쪼개 준다. 이제 과육을 먹을 차례다. 코코넛 과육은 맛도 맛이지만 먹는 재미가 있다. 주인이 함께 가져다준 얇은 양철 숟가락은 과육을 긁기에 안성맞춤. 새하얀 과육이 둥글게 말리며 아이스크림처럼 잘도 떠진다. 어떤 곳에서는 이 과육으로 탁즈아Thạch Dừa라는 일종의 푸딩을 만들어 팔기도 한다. 코코넛 물에 우뭇가사리를 넣고 끓여서 다시 열매 안에 넣어 차게 굳힌 것인데 말랑하고 탱글하다. 끓일 때 코코넛 밀크를 약간 넣어 맑은 물은 불투명한 흰색이 된다. 밤새 내려 쌓인 깨끗한 눈처럼 기분 좋은 하얀색 푸딩이 된다.

해먹에 누워 더없이 평온한 시간을 보낸다. 박자에 맞춰 움직이는 메트로놈처럼 흔들흔들 똑딱똑딱 정확한 리듬이 내게 최면을 건다. 불면을 이기는 방법 중에 해파리 요법이 있다고 한다. 칠흑 같은 밤, 완전히 어두운 우주 속에 오직 나와 부드러운 벨벳 해먹만 있다고 상상하는 것이다. 몸의 모든 힘을 빼고 해파리가 되어 벨벳 해먹에 감싸여 있다고 말이다. 벨벳은커녕 싸구려 나일론으로 만든 해먹에 밝은 햇빛으로 눈부시기만 한데 나는 자꾸 해파리가 된 것처럼 졸리다. 자동차와 오토바이 소리 가득한 국도변 소음은 어느새 야자수 늘어선 바닷가의 파도 소리로 바뀐다. 잠이 쏟아진다. 다시 시내로 가야 하는데 눈꺼풀이 천근만근이다. 해가 지기 전에 빨리 시내로 가야 하는데…….

오토바이 대신 이걸 드릴게요
반씨우빠오

세상에, 베트남에서 오토바이를 빌릴 수 없는 도시가 있다니. 숙소에 몇 번을 확인하고도 믿어지지가 않았다. 산속 오지 마을에서도 당연히 가능했던 오토바이 렌털. 안 된다는 숙소 직원의 말이 믿기지 않아 인터넷 정보도 찾아보고 거리를 다니면서 대여점이 없나 살펴보기도 했지만 오토바이를 빌려주는 곳은 정말 없었다. 하노이에서 겨우 90km, 기차로 1시간이면 닿는 가까운 도시 남딘은 그랬다. 오토바이 렌털을 불허함으로써 여행자를 걷게 했다.

설렁설렁 시내를 마냥 걷는데 박물관이 눈에 띄어 들어가 보기로 했다. 특별한 전시나 있어야 겨우 갈까 말까 한 박물관에 스스로 가다니. 정해진 계획이 없는 것도 괜찮네 하며 힘차게 문을 열었다. 그런데 무슨 일인지 불이 다 꺼져 있고 아무도 없다. '가는 날이 장날이네, 그럼 그렇지 박물관은 무슨'이라는 생각으로 다시 돌아 나오려는데 저쪽에서 누군가 나타났다. 느릿느릿 걸어와 아무 말도 없이 불을 켠다. 자다가 깬 게 틀림없다. 귀찮은 듯 나른한 표정이지만 아무튼 불을 켜 줬으니 그냥 나오기도 뭐해서 나는 전시품을 구경했다. 직원은 내가 빨리 보고 갔으면 했겠지만 나는 장난기가 발동해 더 천천히 움직였다. 다음 전시실로 발을 옮기면 직원은 또 느릿느릿 먼저 걸어가 불을 켜 주었다. 처음엔 박물관 전시품에 별 관심이 없었는데 보다 보니 오래전 남딘의 생활사가 의외로 흥미진진했다. 옛 물건과 기록에 조금씩 빠

259

져들었다. 시간이 꽤 흘렀는데 입구 쪽을 보니 여전히 그가 무표정으로 서 있다. 혼자뿐인 손님을 따라다니며 전시실 불을 밝혀 준 그에게 슬며시 고마운 마음이 들었다.

그렇게 알차게 시간을 보내고 나오니 늦은 오후의 거리가 분주해지기 시작한다. 상인들은 거리에 테이블을 펴고 저녁을 맞이할 준비를 한다. 사실 나는 이 시간을 기다렸다. 남딘의 유명한 간식, 반씨우빠오Bánh Xíu Páo가 나올 시간이다.

아기 주먹만 한 작은 빵인데 식감은 파삭파삭하다. 반죽 때문이다. 페이스트리처럼 버터를 넣은 다음 밀고 접고를 반복해 적게는 네다섯 겹, 많게는 여덟 겹이나 되게 만들고 고기만두와 비슷한 소를 넣는다. 반씨우빠오 하나를 시킨다. 너무 작고 싸서 1개만 달래도 되나 싶을 정도다. 손에 쥔 따뜻한 반씨우빠오가 포춘 쿠키라도 되는 양 예쁘게 반으로 잘라 먹으며 저녁의 행운을 기원해 본다.

남딘에 머무는 내내 내가 여행 왔다는 사실을 잊었다. 여행자가 아닌 산책자로, 어쩌면 조금은 밋밋한 며칠을 보내고 돌아온 셈인데도 문득문득 남딘의 길들이 떠오른다. 오래된 이발소 거리, 학교 뒤 간식 집이 있던 골목, 썰렁한 강변 호텔로 돌아가던 길, 박물관 근처 반씨우빠오를 팔던 거리. 이렇게 그리워하게 하려고 오토바이를 빌려주지 않았던 걸까.

어느새 도로는 신나게 오토바이를 타고 집으로 돌아가는 이들로 붐빈다. 가는 길에 보란 듯이 내 앞에 오토바이를 잠깐 세워 반씨우빠오 하나를 후딱 사 먹고는 다시 시동을 건다.

263

Part 4.

저녁과
밤 사이

낮에는 정체를 숨기고
묵묵히 평범한 시간을 견디다가
어둠이 내리면 변신하는
가면 쓴 밤의 레슬러.

한밤의 무아지경

옥루옥

베트남 음식 이야기를 건넬 때 가끔 나는 재미 삼아 이 사진을 보여 준다. 어디에 쓰는 물건인지 짐작이 가는가? 이건 우렁이를 겨냥한 특수 꼬챙이다. 양철을 뾰족하게 잘라 만들어 모양이 위협적이다. 입에 넣다가 입천장이라도 긁으면 어쩌나 처음엔 어찌나 조심스럽고 당혹스럽던지. 하지만 우렁이를 빼먹는 데는 안성맞춤이다. 아무리 깊이 박혀 있어도 백발백중 쏙쏙 빼내준다. 이쑤시개 같은 것은 쓰다 보면 약해지고 무뎌지는데 이건 정말 무적이다. 위생에도 나름 신경을 썼다. 라임보다도 작은 새콤달콤한 꿧Quất에 찌른 채로 주는데, 꼬챙이 끝을 꿧으로 닦으라는 뜻이다. 이렇게 향긋한 소독법, 꽤 괜찮지 아니한가.

이 재미난 꼬챙이를 사용해 보고 싶다면 호수의 도시 하노이로 가야 한다.
베트남 레Lê 왕조의 건국 설화를 간직한 호안끼엠 호수Hồ Hoàn Kiếm 그리고 끝
이 안 보일 정도로 큰 서호Tây Hồ 외에도 하노이 도심 여기저기에 크고 작은
호수가 있다. 하노이에서 싱싱한 옥루옥Ốc Luộc을 실컷 맛볼 수 있는 이유다.

대부분 저녁 식사를 끝냈을 시간. 사람들은 그냥 집으로 들어가기에는 뭔가 아쉽다는 듯 마치 헤어지기 싫어 골목을 괜히 배회하는 연인들처럼 밤의 간식을 찾는다. 삶은 우렁이, 옥루옥 가게들은 늦은 시간까지 그런 이들로 붐빈다.

36거리가 있는 구시가지를 벗어나 조금만 걸으면 유명한 기찻길 동네가 나온다. 기차가 지나가는 시간 외에는 자유로운 통행이 가능한 곳이다. 선로를 따라 걸어도 좋고, 기찻길 옆에서 사는 사람들의 일상도 구경할 수도 있어 관광 코스로도 인기 있는데 그 부근에 하노이 음식 거리 Phố Ẩm Thực Tống Duy Tân가 있다.

'고독한 미식가'라도 된 양 어슬렁어슬렁 하노이 골목을 돌아다니다가 그 거리로 들어선 어느 밤, 노상에서 뭔가를 팔고 있는 주인이 까딱까딱 손짓을 한다. 뒤를 돌아봐도 아무도 없으니 나를 부르는 게 맞나 보다. 불빛이 희미해 뭘 팔고 있는지 잘 안 보였는데 다가가 보니 옥루옥이었다. 자신감 넘치는 도도한 자태와 카리스마에 이끌린 나는 주인이 시키는 대로 자리에 앉았다. 주인은 묻지도 않고 레몬그라스를 듬뿍 넣고 삶은 우렁이 한 대접을 퍼 준다.

'어디 얼마나 맛있길래 그러셔.'
'어허, 우선 하나만 드셔 보셔. 길에서 판다고 우습게 여기면 곤란해.'

아주 잠깐 동안 주인과 나 사이에 팽팽한 긴장감이 흘렀다. 보이지 않는 실랑이를 끝내는 방법은 빨리 맛을 보는 것. 나는 원탁의 기사라도 된 양 양철 꼬챙이를 척 뽑아 들고는 얼른 우렁이 하나를 빼먹었다. 마침맞게 삶아진 따뜻한 우렁이가 쫄깃 씹혔다. 나도 모르게 미소가 지어졌을까. 고개를 들자 나를 주시하고 있던 주인과 눈이 딱 마주쳤다. '홋, 이제 알겠어?' 하는 표정이다. 이렇

게 공감의 눈빛을 교환한 후 나는 다시 우렁이 하나와 꼬챙이를 조용히 집어
들었다.

옥루옥은 소스가 필수다. 세상에는 수많은 소스가 있을 테지만 옥루옥을 위한
소스만큼 아름다운 소스도 드물 것이다. 느억맘 베이스에 가늘게 썬 레몬 잎과
다지다시피 잘게 썬 레몬그라스, 다진 마늘, 빨강 노랑 주홍빛의 고추, 초록의
상큼한 꿋이 어우러진 이렇게 화려한 소스에 우렁이를 흠뻑 적셔 먹는다.

우렁이는 크기별로 즐길 수 있다. 크고 실한 우렁이는 입에 꽉 차는 매끈하고 쫀득한 느낌이 좋고, 작은 것은 맛도 맛이지만 엄지와 검지 사이에 쥐고 쏙 빼서 먹고 또 먹는 아기자기한 재미가 있다. 길쭉한 모양의 우렁이도 있고 동그란 것도 있다. 배부르려고 먹는 게 아니니 사람들은 작은 우렁이를 많이 시킨다.

한번 손에 쥐면 멈출 수 없는 것들이 있다. 땅콩처럼 팝콘처럼 입과 손이 환상의 콤비가 되고 그 무한의 릴레이가 머리를 단순하게 만들어 주는 간식들. 저녁과 밤 사이, 하노이 거리에서 흔히 볼 수 있는 삶은 우렁이도 당연히 그 범주에 들어간다. 먹다 보면 처음에는 꺼려지던 양철 꼬챙이도 아무렇지 않아진다. 위협적이던 날카로움도 어느새 잊고 도구를 쥔 손과 입은 착착 박자를 맞추며 신나게 춤을 추기 시작한다. 소음과 인파의 소용돌이 속에서 오롯이 하나에 집중하게 되는 시간. 그렇게 무아지경의 우렁이 명상이 시작되면 마음은 한없이 평온해지고 나는 홀린 듯 김이 모락모락 나는 우렁이 한 대접을 또 주문한다.

주인은 종업원들과 수화로 대화를 나누고 있었다. 나를 손짓으로 불렀던 것도 그 이유였다. 뭐가 그리 즐거운지 간간이 터뜨리는 웃음소리만 들려온다. 세상의 말들은 다 사라지고 웃음소리만 남아 있는 것 같다. 잘 먹는 내 모습에 주인이 손가락으로 오케이 사인을 보내 준다. 나도 주인의 맛있는 요리

솜씨에 엄지를 세워 답신을 보낸다. 우렁이 명상은 평화롭게 이어지고, 수화
로 이어지는 그들의 즐거운 대화는 끊일 줄 모르고, 밤은 흐른다. 이런 밤이
라면 얼마든지 계속되어도 좋겠다.

저녁이 오면 우리는 비로소 주인공이 된다
꿔이농

쌀국수나 죽에 곁들여 먹는 꽈배기처럼 길게 튀긴 빵, 꿔이.
꿔이는 그렇게 넣어도 좋고 안 넣어도 별 상관없는
쌀국수의 영원한 조연인 줄 알았다.

그러나 해가 지고 날이 어두워지기 시작하면
꿔이는 드디어 보란 듯이
당당한 주인공이 되어 사람들을 맞이한다.
낮 동안의 연습 게임은 끝났다는 듯,
나의 진가는 지금부터 발휘된다는 듯.

이제 그냥 '꿔이'라고 부르면 안 된다.
꿔이농Quẩy Nóng!
'뜨거운 꿔이'라고 불러야 한다.
국숫집 테이블 한쪽에 놓인 차가운 꿔이가 아니다.
갓 튀겨 따끈따끈한 꿔이가 비로소 뜨겁게
한껏 존재감을 드러내며 말한다.

'다른 이를 빛내기 위해 존재했던 한낮의 나는 잠시 잊어 줘.'

낮에는 정체를 숨기고 묵묵히 평범한 시간을 견디다가
어둠이 내리면 변신하는 가면 쓴 밤의 레슬러처럼
마침내 뀌이는 밤의 하노이 거리에 재등장한다.

275

이 시간에만 나타나는 꿔이농 가게들.
늦은 오후 내내 반죽을 만들고 모양을 빚고
어둠이 깔리기 시작하면 흐릿한 간판을 길거리에 내다 건다.

하노이 거리에 저녁이 오고 꿔이농 간판이 걸리면
나는 거기 앉아 꿔이 한 접시를 시킨다.
손가락만 한 반죽 2개를 다정하게 붙여서 튀긴
폭신하게 잘 부푼 꿔이가 플라스틱 테이블 위에 놓인다.

주인공이 된 꿔이농은 그냥 등장하지 않는다.
꼭 소스를 대동하고 나타난다.
느억맘과 식초와 약간의 설탕.
그리고 파파야를 나박나박 썰어 넣었다.
곱게 간 고춧가루도 들어가는데
이 소스 덕분에 튀긴 음식이지만 느끼하지 않다.

쌀국수 국물에 푹 담가 부드럽게 먹었을 때와는 또 다른,
꿔이 자체의 온전한 맛을 천천히 즐기는
이 저녁의 여유가 좋다.

어느새 내 옆으로 다른 손님들이

간이 테이블을 펴고 줄지어 앉는다.

데이트를 나온 연인들,

퇴근길 출출함을 달래려 들른 직장인들,

조잘조잘 수다를 떠는 학생들.

정신없이 오고 가는 오토바이들로 혼잡한 저녁 거리.

문득 헤드라이트 불빛이 꿔이농을 비춘다.

스포트라이트를 받은 배우처럼 꿔이농이 빛난다.

'오늘 밤 주인공은 너야 너.'

279

뜨거운 호찌민에도 크리스마스는 찾아오니까
쩨스응사홋르우

이상하게도 내가 좋아하는 베트남 음식 중에는 유독 일곱 음절의 이름이 많다. 주문할 때면 자꾸만 발음이 꼬여 곤란하기도 하지만 그 긴 이름의 주인공들은 도저히 사랑하지 않을 수 없다. 나는 그걸 '일곱 음절의 마법'이라고 명명했다.

우렁이 바나나 두부 국수 분옥쭈오이더우Bún Ốc Chuối Đậu, 두부를 튀겨 토마토 소스에 버무려 먹는 더우푸솟까쭈어Đậu Phụ Sốt Cà Chua, 쫄깃한 면발에 돼지고기와 내장, 새우를 얹고 간장에 비벼 먹는 후띠에우남방코Hủ Tiếu Nam Vang, 느억맘에 튀긴 닭날개 깐가찌엔느억맘Cánh Gà Chiên Nước Mắm. 그리고 여기 간식계에서 찾은 보물, 매력 넘치는 또 하나의 일곱 음절이 있다. 그렇게 어렵던 발음이 입에 붙기 시작하면서 주문할 때마다 더 즐거웠던 그것은 쩨스응사홋르우Chè Sương Sa Hột Lựu. 베트남어의 성조를 따라 오르락내리락 그 이름을 소리 내면 마치 부드러운 파도를 타는 느낌이다.

차곡차곡 쌓은 재료 사이로 코코넛 밀크가 스며든다.
컵 안에 하얀 눈이 내린다.

쩨스응사홋르우는 보통 긴 유리잔에 여러 재료를 차곡차곡 담아서 내준다. 노랗고 파랗고 빨갛고 하얗고 때로 까만색까지 차례로 쌓이며 저절로 예쁜 그림을 그린다. 언젠가 텔레비전에서 병 속에 모래를 흘려 넣으며 사막의 낙타를 그리는 사람을 본 적이 있다. 유리잔 속에 담긴 쩨스응사홋르우는 그 모래 그림만큼이나 아름답다.

'쩨'는 빙수와 비슷한 음료들의 총칭이고, 스응사와 홋르우는 주재료의 이름이다. 스응사는 투명하거나 까만색인데 우뭇가사리를 넣어 굳힌 일종의 젤리다. 그런데 스응사를 사전적으로 해석하면 흥미로운 의미가 된다. '이슬이 내리다.' 나는 시 같은 이 이름이 맘에 든다. 더위에 지쳤을 때 쩨스응사홋르우 한 모금만으로도 이슬이 내린 신선한 아침처럼 기분이 좋아진다. 게다가 그냥 이슬이 아닌 석류알 이슬인 것이다. 홋르우는 '석류알'이라는 뜻으로 물밤을 석류 씨만큼 작게 썰고 겉면에 타피오카 반죽을 입혀 만든다. 이때 반죽을 빨간색이나 초록색으로 물들인다. 빨간색이면 감쪽같이 속는다. 하얀 물밤이 석류 씨처럼 비쳐서 진짜 석류알처럼 보이니 말이다. 식감도 오묘하다. 겉은 쫄깃하고 안에 있는 물밤은 아삭아삭하다.

이 두 가지 말고도 쩨스응사홋르우에는 삶아서 으깬 녹두가 꼭 들어간다. 달
콤한 녹두와 매끌매끌한 스응사 그리고 독특한 식감으로 화룡점정하는 홋
르우. 이제 마지막으로 이 모든 것을 한데 어우러지게 만드는 재료가 들어갈
차례다. 모든 재료를 다 담고 맨 위에 코코넛 밀크를 끼얹는다. 뽀얀 코코넛
밀크가 잔 아래로 서서히 내려간다. 그 흰빛이 다른 재료들에 스며들면 컵
안은 마치 크리스마스 같다. 크리스마스에 내려서 더 반가운 흰 눈이 소복이
쌓인 거리에 알록달록 전구들이 켜진 듯하다. 달콤하고 쫄깃하고 아삭하고
시원한 쩨스응사홋르우를 천천히 음미하며 크리스마스를 떠올려 본다. 그러
고 보니 '메리 크리스마스' 이 기분 좋은 인사도 일곱 음절이다. '일곱 음절
의 마법'은 계속된다.

축제가 시작됐다! 세상의 달콤함을 돌돌 말아라
보비아응옷

'저기 있다!'

그럼 그렇지. 없을 리가 없다. 이런 분위기에 보비아응옷Bò Bía Ngọt이 빠질 리
가 없다. 자전거나 오토바이 뒤에 작은 상자를 싣고 다니다가 축제가 있는
곳이 있으면 멈춰서 상자를 열고 판을 펼친다. 축제라고 말하니 좀 거창해
보이는데 그게 또 틀린 표현은 아니다. 가령 높은 빌딩 앞에 있는 분수대만
시원하게 틀어 놔도, 어디 조명 예쁘고 광장 비슷한 조금 넓은 공간만 있어
도 사람들은 '뭐 재미난 일이 있나' 하며 슬슬 모여든다. 거기가 바로 축제장
이다. 중요한 축제 장소는 또 있다. 수업이 끝난 학교 앞. 그때 그 시간처럼
축제 분위기인 곳도 없으니 거기도 보비아응옷 장수들이 수시로 출몰하는
곳이다. 그렇게 사람들의 주변을 맴돌며 요상하게 매력적인 달콤함으로 그
들의 즐겁고 홀가분한 마음에 불을 붙인다.

일상의 소소한 축제가 열리면 그곳엔 백발백중 보비아응옷이 있다.

달콤함을 차곡차곡 담아서 예쁘게 말아 줄게.

세상의 달콤함이란 달콤함은 다 모아 차곡차곡 포개 주겠다는 듯 제대로 작정한 스위트함의 총체, 그것이 보비아응옷이다. 우선 얇게 부친 부드럽고 달콤한 전병을 쫙 펼치고 그 위에 단맛은 기본에다 향까지 달큰한 코코넛 과육을 아낌없이 얹는다. 이 정도만 해도 충분할 텐데 여기에 다시 가늘고 긴 사탕 엿 하나 과감하게 척 보탠다. 그리고 마지막으로 그렇게만 하면 뭔가 아쉽다는 듯 검은깨 몇 알을 시크하게 흩뿌린다. 이제 베트남 사람들의 장기인 '예쁘게 말기'만 하면 보비아응옷은 완성된다. 뭐든 싸고 말아서 먹는 걸 좋아하는 이 사람들. 말다 말다 이제는 이런 거까지 말아서 먹는다.

돌돌돌 예쁘게 만 보비아응옷을 손에 들고 거리를 걷는다. 평소 단 음식은 좋아하지 않는데 이렇게 기분 좋은 달콤함이라니. 보비아응옷의 모든 재료들이 입속에서 열심히 분발하는 만화 같은 장면이 그려진다. 우리의 기분을 '업'시켜 주려고 모여 각자 맡은 바를 이토록 성실히 수행하는 것이다.

한번은 주말에 하노이 호안끼엠 호수 근처에서 보비아웅옷을 사 먹었다. 설 즈음이라 사람들은 아직도 들떠 있었고, 차가 다니지 않는 호숫가는 정말 축제장과 다름없었다. 저녁을 먹고 밤 나들이를 나온 사람들로 가득한 거리 여기저기에 역시나 보비아웅옷 자전거가 눈에 띄었다. 노점상 단속 정보가 있는지 보비아웅옷을 파는 한 여자가 주변 분위기를 살살 살피며 왔다 갔다 하고 있었다. 하나를 주문하자 손은 보비아웅옷을 능숙하게 말면서도 눈은 사방을 살피기 바빴다. 그때 어디선가 호루라기 소리가 났고 여자는 급하게 재료를 듬뿍듬뿍 넣어 말아 주고는 얼른 자전거를 끌고 자리를 떴다. 그때 나는 보았다. 뒤를 살피는 다급함 끝에 입꼬리를 살짝 올리며 씨익 지어 보이던 그녀의 미소를 말이다. 경찰 단속 따위를 겁내는 게 아니었다. 뭔가 스릴 넘치는 그 분위기를 즐기는 것만 같은 미소였다. 그 저녁은 그녀에게도 축제였던 게 틀림없다.

베트남어로 '응옷'은 '달다'라는 뜻이다. 비슷한 단어로 '응온'이 있는데 이건 '맛있다'는 의미다. 각각 철자는 ngon과 ngọt인데 n이냐 t냐 한 끗 차이다. 역시 맛있는 것과 달콤한 것은 통한다.

저기, 보비아웅옷 오토바이가 거리를 신나게 달린다. 어딘가에서 또 축제가 벌어지고 있나 보다.

즐겁고 홀가분한 마음이 있는 곳으로 보비아응옷이 달려간다.

291

열대의 밤을 상큼하게 만드는 너
쓰어쭈어제오

밤이 내린 8월의 하노이 거리. 저녁을 먹고 36거리를 걷는다. 밤이 되면 제법 시원한 바람이 부는 호찌민과는 차원이 다른 후끈함. 습도까지 높아 한낮처럼 후텁지근하니 땀이 줄줄 흐른다. 에어컨이 간절하지만 쓰어쭈어제오Sữa Chua Dèo를 파는 집들은 에어컨이 없다. 천장에 달린 선풍기만 탈탈탈 돌아간다. 쓰어쭈어제오는 역시 이런 날씨에 이런 곳에서 이런 시간에 먹어야 제맛이다.

큐브 모양 치즈 같기도 하고 까슬까슬 각설탕 같기도 한 하얀색 조각들을 유리잔에 담고, 그 위에 레몬 시럽을 뿌리고 투명한 버블을 얹었다. 하얗고 노란 것들이 차곡차곡 단출하게 담긴 컵 안은 캄캄한 거리와 대비되어 더 환해 보인다. 쓰어쭈어제오의 온도와 바깥의 온도차로 생긴 김이 살짝 올라와 순간 이게 따뜻한 거였던가 손을 대본다. 차다. 새삼 더 반가운 차가움. 얼른 큐브 하나를 숟가락으로 떠 입에 넣는다.

깍두기 크기만 한 차가운 것이 입안에 꽉 차자 먼저 레몬 향이, 뒤이어 새콤함이 입안 가득 퍼진다. 요거트다. 혀와 입천장 사이에 그대로 두고 살살 굴리며 천천히 녹여 먹는다. 얼음 요거트가 사르르 녹는 속

도로 밤의 더위도 그제야 슬며시 누그러진다. 어느새 입안에는 연어알 같은 버블만 남았다. 살짝 깨물어 본다. 말랑말랑하고 적당히 쫀득한 젤리다. 젤리까지 삼키고 나니 이미 땀은 쏙 들어가 있다. 뜨거운 열대의 밤이 사랑스러워지는 순간이다. 산뜻하게 차가워진 입안. 오늘 하루 삼키고 뱉어 낸 생각과 말들도 차분히 식는다.

쓰어쭈어제오는 요거트에 젤라틴을 넣어 굳힌 뒤 얼려서 썰어 먹는 간식이다. 특별하다고 할 것까지는 없지만 약간의 변주로 당당히 간식계의 한자리를 차지한다. 셔벗과 비슷하지만 그보다는 농도가 진하게 느껴지고 젤라토와 비슷한 면도 있지만 쫄깃함은 덜한 쓰어쭈어제오. 떠먹거나 그냥 후루룩 마시면 되는 요거트를 군이 뭐 이렇게까지 하나 싶었는데, 군이 이렇게 먹어야 할 이유가 충분했다. 액체 상태의 요거트와 뭐 별 차이 있겠냐고 할지 모르지만 신기하게도 차이가 있다. 쌀을 밥으로 먹을 때, 떡이나 면으로 먹을 때가 다르듯 같은 원료라도 어떻게 조리하느냐에 따라 전혀 다른 맛이 만들어지기도 하니까.

어떤 시인은 지루한 세상에 불타는 구두를 던지라던데, 나른한 열대의 밤엔 요거트 큐브를 입속으로 던져라! 열대의 뜨겁고 습한 밤바람에 녹기 전에 야금야금 하나씩 빨리.

푸드 저널리스트인 마이클 부스가 쓴 칼럼을 읽었다. 1년 내내 아이스크림을 먹어야 한다고 강력히 주장하는 그는 못 먹어 본 아이스크림이 없어 보였다. 이탈리아의 브리오슈 콘 젤라토, 파리의 베르티용 아이스크림, 인도의 쿨피, 터키의 돈두르마, 영국인들의 향수를 불러일으킨다는 초콜릿 플레이크 소프트 아이스크림, 유럽의 어느 유명한 셰프와 물리학자, 화학자가 만들었다는 액화 질소 아이스크림. 그야말로 화려한 나열이다. 나는 슬며시 웃음을 짓는다. 지금 내 앞에는 쓰어쭈어제오가 있다. 이렇게 소박하게 기발한 각 얼음 요거트가. 마이클, '쓰어쭈어제오'라고 아시나요? 에헴!

295

카페에서 그들은 오늘도 깐다
핫흐엉즈엉

해바라기씨 핫흐엉즈엉Hạt Hướng Dương 을 깐다.
뜨거운 연유 커피 한 잔을 시켜 놓고 하염없이,
차가운 블랙커피를 마시며 노닥노닥 끊임없이,
레몬 아이스티를 시켜 놓고 본격적인 수다 모드로.
오늘도 하노이의 카페에서는 그렇게 해바라기씨를 깐다.

어떨 때는 커피를 마시기 위해서가 아니라
해바라기씨를 까먹기 위해 카페에 오는 것처럼
누구나 너무나도 당연하게 해바라기씨를 한 접시씩 시킨다.

베트남의 여러 도시 중에서도 유독 하노이에서 심하게 깐다.
외국 관광객들과 하노이 힙스터들이 모이는
유명한 꽁Cộng 카페에도,
할머니가 운영하는 작은 커피 노점에도
해바라기씨는 어김없이 준비되어 있다.

혼자여도 둘이어도 여럿이어도
외로워도 슬퍼도 심심할 때도

해바라기씨는 고독의 친구이자 대화의 친구다.

앞니로 모서리를 살짝 눌러

반으로 착 갈라 쏙 빼먹는 해바라기씨.

해바라기씨 까는 소리에는 쾌감이 있다.

톡? 아니다. 틱? 아니다. 파사삭? 아니다.

그보다 짧고 경쾌하게 따각!

노천카페에서도 소음에 묻히지 않고 귀에 꽂히는 소리.

나는 그 소리가 이 난공불락의 세상에

아주 미세한 균열을 만들고 파문을 일으키는 것처럼 느껴진다.

그 소리를 계속 듣고 있으면 스트레스 같은 것들이

아주 조금씩 격파되는 듯한 기분이 든다.

하노이 대성당 주변,

평소에는 세계 각지에서 온 관광객들로 붐비는 곳이지만

금요일 밤의 그곳은 별천지다.

노천카페에는 모든 하노이 젊은이들이

뛰쳐나온 듯 발 디딜 틈조차 없다.

다닥다닥 붙어 앉아
레몬 아이스티와 해바라기씨를 시켜 놓고 밤을 불사른다.
한 사람 한 사람의 해바라기씨 까는 소리가 모여
대성당 앞 작은 광장을 들었다 놨다 한다.
성당의 종소리마저 이기는 것 같다.

먹다 보면 가속도가 붙어
해바라기씨를 집고, 까고, 먹는 손길은
점점 빨라지면서 리듬을 형성한다.
혼자 깔 때는 모든 생각이 사라지는 무념무상의 찰나가 되지만
여럿이 깔 때는 세 박자의 리듬을 타고 뭔가에 홀린 듯 빨려 들어가
목소리, 웃음소리가 점점 커지고 흥겨워진다.
마음이 복잡하다면, 가볍고 명랑해지고 싶다면
어느 카페든 들어가 해바라기씨를 까자.

해바라기씨와 함께라면 대화가 끊긴 대도 괜찮다.
따각, 따각, 따각.
침묵 사이를 해바라기씨가 연결해 주니까.

사람들이 떠난다.

노천카페 바닥에 해바라기씨의 잿빛 껍질이 그득히 쌓였다.

테이블 아래 낙엽처럼 소복이 작은 산처럼 쌓여 있다.

커피 잔은 비었고 사람들은 사라졌지만 저 껍질들이 증명해 준다.

해바라기씨 껍질만큼 우정과 사랑을 나눈 시간이 쌓여 있다.

누군가의 고독이 쌓여 있다.

성대한 바비큐 파티가 부럽지 않은 밤
반미팃씨엔느엉

하루 종일 낮은 구름이 깔렸던 하늘에 저녁이 드리우고 있다. 태양은 얼굴한 번 못 보여 주고 내일로 사라지기에는 아쉽다는 듯 구름을 비집고 기어이붉은빛을 가늘게 내보낸다. 이런 날엔 저녁의 냄새가 더 짙다. 낮 동안 공중에 머물던 냄새 입자가 낮게 가라앉는다. 거리에 저녁 장사를 위해 탄을 피우는 냄새까지 더해지면 여행자는 속수무책으로 센티해진다. 무대 위 드라이아이스처럼 깔리는 숯불 타는 연기를 따라 무작정 방황하고 싶어진다. 이미 떠나와 있는데도 더 멀리 떠나고 싶어진다.

감상에 젖은 나의 발길은 어느 골목 모퉁이에 멈춘다. 땅바닥에 작은 숯불화로를 놓고 둘러앉아 옹기종기 꼬치를 굽고 있는 사람들. 가로 30cm, 세로 15cm 정도 되는 작은 화로는 한눈에 봐도 오래 사용해 온 골동품이다. 사람들은 새까만 화로 주위에 모여 앉아 꼬치가 어서 익기를 기다리며 눈을 반짝인다. 누가 손님이고 누가 주인인지 모르겠다. 꼬치가 자글자글 익어 가며기름을 떨어뜨리면 아무나 꼬챙이를 잡고 얼른 돌려 준다. 누군가 꼬치 하나가 다 익었다고 손으로 가리키자 한 사람이 꼬치에 소스를 발라 건넨다. 그가 주인인 모양이다. 그렇게 꼬치*로 즐기는 사람도 있지만 대부분은 반미

★
'팃씨엔느엉'이라고 하며 팃은 '고기', 씨엔은 '꼬치', 느엉은 '구웠다'는 뜻이다.

302

숯불에 구워 따뜻하고 더 바삭해진 반미와 갓 구운 돼지고기 꼬치의 환상적인 만남. 이게 바로 천하무적 반미팃씨엔느엉이다.

에 끼워서 샌드위치로 먹는다. 구운 반미 사이에 칼집을 낸 뒤 꼬치를 끼우고 반미를 살짝 누르면서 꼬챙이를 제거하는 일련의 동작이 민첩하다.

반미팃씨엔느엉Bánh Mì Thịt Xiên Nướng 하나를 받아 든다. 반미의 틈을 비집고 나오는 참을 수 없는 바비큐의 향기. 고소한 반미 속 불향을 입은 고기 맛과 그 속에 스민 이국적인 레몬그라스 향에 센티한 기분 따위는 저 멀리 달아나 버린다.

꼬치는 구워지기 무섭게 팔려 나가고 반미팃씨엔느엉을 먹는 사람들의 표정에는 미소가 번진다. 하노이 구시가지 바오칸Báo Khánh 거리에서 항한Hàng Hành 거리로 꺾어 들어가는 초입, 여기에서는 이렇게 저녁마다 소박한 바비큐 파티가 열린다. 저녁이 오는 것을 축하하기라도 하듯 펼쳐지는 바비큐의 시간. 그 멋진 시간 안에 운 좋게도 내가 껴 있다.

또 다른 길에서 본격적으로 반미팃씨엔느엉 파는 곳을 만났다. 자욱한 냄새와 연기를 따라가다 보니 역시나 빈미팃씨엔느엉이 있었다. 이 근처에서 유명한 맛집인지 굽는 꼬치 양이 만만치 않다. 주인은 몰려들 손님을 생각해 부지런히 꼬치를 굽는다. 숯불이 사그라들까 연신 부채질을 한다. 잠시도 멈추지 않는 손. 어찌나 빠른지 부채 모양이 어떻게 생겼는지 보이지 않을 정도다.

가만히 보니 일종의 오토바이 전용 '드라이브 스루' 매장이다. 오토바이에서 내려서 먹는 사람도 가끔 있지만 대부분 오토바이에 앉은 채로 잠깐 서서 포장해 간다. 슬슬 출출해질 시간이니 가게 앞에 멈춰 서는 오토바이가 끊이질 않는다. 반미 봉지를 들고 부르릉 신나게 달려가는 사람들. 봉지 안에서 스멀스멀 올라오는 바비큐 냄새를 거리에 퍼뜨리며 저 멀리 사라진다. 이번에는 아이를 앞에 태우고 온 아빠 손님이다. 아이를 챙기는 아빠의 얼굴에 미소가 떠나질 않는다. 고단한 일과는 어찌어찌 끝이 났고 이제부터는 아이와 보내는 행복한 시간과 휴식만이 남았다는 듯 자신에게는 반미팃씨엔느엉을, 아이에게는 꼬치 하나를 선물한다.

노점에 앉아 하염없이 손님들을 구경한다. 구운 꼬치를 담아 두는 상자가 점점 비어 가는 모습을 구경한다. 저녁에서 밤으로 가는 시간을 지켜본다. 서둘러 어딘가로 향하는 사람들. 그 모습을 보니 나도 슬슬 돌아가고 싶어진다. 작은 발코니에 앉아 느긋하게 오늘 하루를 음미하고 싶어진다.

이 밤, 나의 바비큐 파티는 이렇게 막을 내린다.

밤은 길고 밤의 간식은 맥주를 부르네
넴쭈어느엉

하노이 구시가지를 여행하는 사람이라면 아마도 하루에 한 번은 이곳을 지
나게 될 것이다. 하노이에서 가장 오래된 성요셉 성당. 지어진 지 100년이
넘은 성당은 가톨릭 신도는 물론 성당을 구경하는 관광객, 웨딩 사진을 찍는
신혼부부로 언제나 북적거린다.

매시 정각에 그 거리를 지나게 되면 종소리를 들을 수 있는데 나는 그 작은 우연의 순간을 좋아한다. 내가 다녔던 학교 근처에 굴다리가 있었는데 전철이 지나갈 때 굴다리를 건너면 소원이 이루어진다고들 했다. 하노이 대성당의 종소리를 우연히 들을 때마다 왠지 그 말이 생각나 소원을 얼른 떠올려보곤 한다. 일요일 미사가 열리는 시간에 성당 앞을 지나가는 것도 즐거운 일이다. 안 그래도 성조가 6개나 있는 언어인데 미사를 진행하는 신부님이 내는 독특한 리듬이 얹어지니 그 소리가 무슨 특별한 노래처럼 듣기 좋아 녹음을 한 적도 있다.

그렇게 1년 내내 사람의 발길이 끊이지 않는 이곳은 밤의 간식 대표 주자, 넴쭈어느엉Nem Chua Nướng을 만날 수 있는 곳이기도 하다. 우선 성당을 바라보고 오른쪽 골목으로 들어간다. 들어가자마자 다시 오른쪽 골목. 두 사람이 나란히 걷기에도 약간 좁다 싶은 골목이다. 해가 설핏할 때부터 밤늦게까지 그 골목은 들썩들썩 난리가 난다. 대낮에는 가게의 흔적이 전혀 없어서 밤의 그 북새통을 짐작조차 할 수 없다. 골목 한쪽 벽에 낮은 플라스틱 의자를 세 줄로 쭉 붙여 늘어놓았는데, 그중 가운뎃줄이 테이블이 된다. 그래서 각자 따로 온 모르는 사람들인데도 마치 회식을 나온 일행처럼 보인다. 이곳의 인기는 날이 갈수록 치솟고 있다. 겨우 자리가 나서 비집고 들어가 앉으면 몸을 움직이기도 힘들 정도인데 사람들은 거북해하거나 싫어하는 기색이 전혀 없다. 오히려 그 불편을 즐기러 나온 듯 보인다. 간식 하나를 즐기기 위한 흥겨

운 부대낌. 거부할 수 없는 기분 좋은 흥분이 그곳에 있다.

자리를 잡았으니 이제 메뉴 선택만 남았다. 넴쭈어느엉이냐
넴쭈어잔Nem Chua Rán이냐, 맥주냐 라임 띄운 아이스티냐. 이것
이 문제로다. 넴쭈어느엉은 넴쭈어를 구웠다는 뜻이고 넴쭈어
잔은 튀겼다는 뜻이다. 나는 언제나 넴쭈어느엉과 하노이 맥
주 쪽이다. 넴쭈어는 굽거나 튀기지 않고 그냥도 먹는데, 넴은
'소시지', 쭈어는 '시다'라는 의미다. 발효시킨 소시지라 살짝
새콤한 넴쭈어를 굽거나 튀기면 독특한 냄새는 사라지고 발효
의 끈적한 느낌이 더욱 도드라진다. 낯설지만 매력적인 식감
으로 변한다. 튀긴 것도 많이 먹는데 숯불 향과 꼬치의 마력을
못 벗어나는 나는 늘 구이를 선택한다. 소시지를 감싸는 껍질
이 없어 더 독특한 넴쭈어느엉에 쌉싸름한 맥주 한 병이면 하
노이의 밤은 더없이 근사해진다.

첩보 작전을 방불케 하는 이 집의 주문 과정도 흥을 돋우는 데
에 한몫한다. 무전기를 든 날카로운 눈매의 매니저가 주문을
받자마자 누군가와 교신을 한다. 넴쭈어를 굽는 곳이 건물 2
층에 있기 때문이다. 2층 부엌에서 넴쭈어느엉을 다 구우면 1
층으로 내려 주는데 노끈에 매달린 플라스틱 바스켓에 담겨

311

내려오는 모습이 마치 두레박 같다. 맛있는 비밀이 잔뜩 숨어 있을 것만 같은 퍼포먼스 덕에 이 집 넴쭈어느엉이 더 맛있게 느껴지는 건지도 모르겠다.

그나저나 이 가게의 매니저는 언제 봐도 탐이 난다. 내가 만약 레스토랑 사장이라면 당장 스카우트하고 싶을 정도다. 주문을 받고 무전기를 들고 다니면서도 자신을 찾는 손님이 없는지 신경 쓰느라 사방을 두루 살피는 눈길이 민첩하다. 저런 매니저와 함께한다면 어떤 난관도 극복해 나갈 수 있을 것 같다. 그녀의 활약을 넋 놓고 바라보며, 옆에 앉은 이들의 쉴 새 없는 수다를 구경하며 꼬치에 끼운 넴쭈어느엉을 하나씩 빼먹는다. 꼬치 수가 줄어들 때마다 밀려오는 아쉬움. 천천히 아껴 먹는데도 어느새 꼬챙이만 남고 맥주병도 비었다. 밤이 깊었다. 나는 몸을 일으켜 그곳을 빠져나온다.

골목이 떠나갈 듯한 소란 속에서 빠져나오니 순간 멍해진다. 다른 세계에 갔다가 돌아온 듯 어리둥절한 내 눈에 성당이 들어왔다. 오래된 성당은 여전히 그 자리에 서 있고, 성당 앞은 텅 비어 적막하다. 어느 날 무슨 이유에선가 다른 차원의 세계를 헤맬 때 누군가 나타나 나를 돌려보내 주겠다고 어떤 문으로 나가겠냐고 묻는다면 이 시간의 하노이 대성당 앞을 선택하겠다. 그리고 천천히 이 세계의 시간에 적응한 후 골목으로 들어가 무사 귀환을 자축하며 사람들 틈에 아무렇지도 않게 섞여 넴쭈어느엉과 하노이 맥주를 마셔도 좋으리라.

저 깊은 산속 그 깊은 밤
짜오어우떠우

베트남 북쪽 산골 마을 동반Đồng Văn. 운 좋게 장이 서는 일요일에 그곳에 머무르게 되었다. 평소에는 조용하기만 한 동네인데 장날은 분위기가 완전히 달랐다. 시장 주변은 지나다니기조차 힘들 정도로 북적거린다. 저마다 자기 민족의 전통 옷을 차려입은 사람들. 같은 옷을 입고 살아가는 사람들은 삶의 교집합이 더 많을까. 그나저나 이 많은 이들이 도대체 어디에서 온 걸까.

읍내만 벗어나면 바로 이어지는 깊은 골짜기마다에 집이 있고, 오토바이가 없으면 새벽부터 한두 시간을 걸어서 장에 온다는 얘기로 봐서는 왕복 서너 시간이 걸리는 먼 길인데 한껏 치장을 하고 나타난 사람들 얼굴에는 피곤함은커녕 웃음이 가득하다. 일요일이면 그렇게 불쑥 읍내에 나타나 소풍 나온 사람들처럼 장날을 즐긴다. 수확해 온 농작물을 팔고, 옷이나 상대적으로 귀한 공산품을 사고, 임시 천막을 친 식당에서 국수를 먹고, 산에서 나는 여러 가지 재료와 고기를 넣고 오래 끓인 전통음식 탕꼬Thắng cố를 나눈다. 부모들은 아이에게 세상 구경을 시켜 주고, 또래들은 친구를 만나고, 젊은 연인들은 마음껏 데이트를 한다. 또 어떤 사람들은 달걀로 신기한 점을 치는 점술가에게 상담을 받으며 한나절을 보낸다.

달걀점을 치는 소수 민족 할머니.

산중의 해는 짧아 장이 파할 무렵이 되면 날은 벌써 어둑어둑해지기 시작한다. 하루 동안의 축제는 끝나고 밤이 찾아올 즈음, 동반은 그 고요한 어둠을 지켜 주려는 듯 연약한 불빛을 밝힌다. 식당들도 일찍 끝나 문을 열어 둔 곳이 별로 없다. 장에서 이것저것 먹어 배가 고프진 않았지만 길고 긴 밤을 견디기에는 조금 부족하지 않을까 해서 낮에 봐 둔 식당으로 갔다. 기온도 급격히 내려가 따뜻한 뭔가가 필요하기도 했다. 간판은 아직 거두지 않았지만 영업이 끝난 건가 싶을 정도로 실내가 어두운 식당. 하마터면 그냥 지나쳤을 불빛 희미한 그곳은 이 지역에서 유명한 짜오어우떠우Cháo Ấu tẩu를 파는 집이었다. 우리말로 '마름'이라 불리는 수생 식물의 뿌리를 넣어 끓인 죽이다. 표창처럼 삐쭉삐쭉하게 생긴 검은 마름은 모르고 보면 식재료로 보이지 않는다. 어떻게 먹을까 궁금해지는 묘한 생김새다. 여러 도시의 시장에서 이 뿌리채소를 본 적은 있지만 요리로는 처음이었다.

죽을 시켜 놓고 기다리는데 옆에 나란히 앉아 있는 남녀가 눈에 들어왔다. 소수 민족 옷차림이었다. 집이 먼 소수 민족 사람들은 장이 끝나면 서둘러 집으로 향하기 때문

에 해 질 무렵부터는 눈에 잘 띄지 않는데 완전히 캄캄해진 그 시각까지 읍내에 있으니 더 눈길이 갔다. 얼굴이 상기된 남자는 장에서 낮술이라도 한잔 거나하게 걸친 건지 코가 빨갛다. 나는 속으로 어디서 많이 들었을 이야기를 지어내기 시작했다. 먼저 귀가한 여자는 해가 져도 돌아오지 않고 술을 마시고 있을 남편을 찾아 나선 것이다. 툴툴 산길을 걸어 다시 읍내로 나와 그전에도 자주 그런 일이 있었다는 듯 '내가 못살아' 하며 여기저기 남편이 갈만한 장소를 순례한다. 여자는 남편의 단골집을 몇 집 거쳐 마침내 찾은 남자를 타박하며 이곳에 들렀다. 죽을 먹여 술을 좀 깨도록 해서 데려갈 심산으로.

거기까지 이야기를 지었을 때 마름죽이 나왔다. 고명으로 올린 까만색 마름. 미리 양념하고 익혀서 준비해 둔 마름을 흰죽 위에 얹으니 이내 검은 물이 퍼져 마치 화선지에 번지는 먹물 같다. 나는 마름과 돼지고기 고명, 향채를 천천히 잘 섞었다. 오도독 오도록 씹히는 식감이 오묘한 마름. 목이버섯을 닮았지만 맛과 향은 완전히 달랐다. 아주 쌉싸름했는데 먹을수록 입안이 상쾌해지는 느낌이었다. 까만 마름죽은 낮 동안 들뜨고 흥분된 마음을 차분하게 눌러 주는 듯했다. 왁자지껄했던 동반의 장날 하루를 까만 밤이 조용하고 포근하게 덮어 주었듯이.

상상으로 쓰는 소설이 잠시 끊기고 마름죽에 집중하는 사이 두 사람은 그릇을 싹싹 비우고 일어섰다. 여자가 앞장서고 남편이 얌전히 뒤따른다. 그런데 유달리 만족스러워하는 여자의 표정이 아무래도 수상쩍다. 취한 남편을 바로 집으로 데려가지 않고 굳이 이곳으로 온 진짜 이유가 따로 있었던 건가. 나는 얼른 이야기를 수정했다. 자신만의 조촐한 '일요 미식회'를 위해 남편을 이용했다는 귀여운 결말로.

두 사람은 그렇게 식당을 나갔고, 나는 남은 죽을 맛있게 먹으며 그들이 집으로 가는 먼 길을 상상했다. 캄캄하고 좁은 산길을 걸어가는 두 사람. 술이 덜 깬 비틀댈지도 모를 남자는 가끔 여자의 구박을 받았을지도 모르겠다. 그래도 달빛 환한 밤이었으니 길을 잃지는 않았을 것이다. 맛있는 마름죽으로 속까지 따뜻하게 채웠으니 꽤 괜찮은 하루였다고 생각했을 것이다. 머릿속에서 그들이 걸어가는 밤길이 흑백의 수묵화처럼 아름답게 펼쳐졌다.

저녁을 먹긴 했는데 속이 좀 헛헛한 날 나는 때때로 그날 밤을 떠올린다. 그 쓰면서도 달았던 죽의 온기를 떠올려 본다. 그 밤을 따뜻하게 녹여 준 마름죽 한 그릇이, 그 밤의 장면들이 그리워진다.

간을 먹는 밤

반간

껀터에 밤비가 내린다. 오후부터 세차게 퍼붓던 비는 부슬비로 바뀌어 있다. 밤의 우중 산책길. 베트남 남부에서 두 번째로 큰 도시라지만 대로만 벗어나면 불빛이 별로 없는 데다가 비까지 종일 내리니 더 어두침침하다. 그래서 더 묘한 분위기를 풍긴다. 열려 있는 상점들도 불을 환히 밝혀 놓고 있지 않아 나는 그 집 가까이에 도착해서도 맞게 온 건지 확신을 못 하고 여러 번 두리번거렸다. 다행히 잘 찾아오긴 했다. 여기는 간판도 없이 조용히 반간Bánh Gan을 파는 집이다.

가정집인 이곳은 밤에만 장사를 한다. 반간과 수제 요거트인 쓰어쭈어 등 집에서 만든 간식 몇 가지를 파는데 동네에서 꽤나 유명한가 보다. 잘게 부순 얼음과 캐러멜 소스를 뿌린 암갈색 케이크 한 조각이 나왔다.

내 옆에는 먼저 온 두 사람이 앉아 있다. 반간 한 조각에 손가락 두 마디 정도의 유리병에 들어 있는 요거트를 앞에 놓고 소곤소곤 이야기를 나누고 있는 커플. 껀터의 밤엔 이런 데이트가 있다. 부슬비가 흩날리는 어두운 밤 어느 작은 골목 간식집에서 화사함이라고는 찾아볼 수 없는 음침한 빛깔의 케이크 한 조각을 사이좋게 나눠 먹는 데이트. 분위기는 뭔가 으스스한데 두 사람의 모습은 귀엽기만 하다.

반간의 뜻을 풀이하면 '간' 케이크다. 맞다. 우리 몸의 중요한 장기인 그 간을 닮았다고 해서 간 케이크라고 불린다. 토끼의 간을 원했던 용왕도 속일 수 있을 것 같은 빛깔이지만 안심하시라. 재료에 진짜 간을 넣은 건 아니니. 거무튀튀한 간의 색을 절묘하게 표현한 반간은 식욕을 돋워 주기는커녕 오히려 꺾게 생겼지만 맛은 예상을 벗어난다. 치즈케이크의 촉감과 비슷하지만 그보다는 덜 진득하고 덜 달다. 오리알과 쌀가루, 코코아나 커피, 코코넛 밀크를 넣고 팔각으로 독특한 향을 낸다.

생각해 보면 반간은 좀 쿨하다. 화려한 색과 외형으로 유혹해도 모자랄 판에 이런 색이라니, 이런 이름이라니. 케이크에 이렇게 무시무시하고 직설적인 이름을 붙인 건 용기 있는 자만 먹게 하려는 의도일까. 아니면 반전의 즐거움을 주려는 걸까. 거친 매력을 뿜어내는 이 다크 감성의 케이크가 맘에 든다. 활달하고 외향적인 성격과는 정반대인 침묵하는 조용한 힘으로 삶을 이끌어 가는 사람처럼 믿음직스럽다.

간식은 어쩌면 농담과 같을지도 모르겠다. 빈틈없이 빡빡한 일상에 균열을
일으켜 가늘지만 환한 틈새를 만드는 유머와 닮았다. 작은 간식 하나가 삐걱
삐걱 무겁게 굴러가던 바퀴를 조금은 부드러워지게 만들 때도 있는 것이다.
살금살금 새어 나오는 실없는 농담이 우리를 피식 웃게 하고 다시 힘을 내게
만드는 것처럼. 그래서 어깨가 축 처진 누군가를 만나면 슬쩍 다가가 조용히
말을 붙이고 싶다.

'오늘 밤, 우리 간 케이크나 먹으러 갈까요?'

비가 추적추적 내리는 음산한 밤에 눈이 동그래진 그 사람을 데리고 가 '어
때요, 무섭죠?' 하면서 피식 웃으며 함께 먹고 싶다.

Epilogue

얼마 전 베트남에 다녀왔다. 여러 도시에 머물며 추억의 간식들을 찾아다녔다. 어떤 곳은 몇 개월 만이었고 또 어떤 곳은 몇 년 만의 방문이었다. 이전 여행에서도 느끼고 있었지만 이번에는 유난히 시대의 변화를 체감했다. 오랜 세월 베트남에서 내가 좋아하던 곳, 좋아하던 것들이 달라지고 있었다. 오래된 대로 꾸밈없이 자연스럽게 둔 모습이 좋아 자주 다녔던 곳들이 현대식으로 세련되게 새 단장을 한 경우가 많았다. 옛 카페의 모습을 그대로 간직했던 에그 커피 집은 2층에 통창을 냈고, 동굴 같아서 좋아했던 아이스크림 집은 조명을 밝히고 포토존을 만들었다. 그런 모습들이 왠지 낯설어 오래 머물지 못하고 나오기도 했다. 비밀스러웠던 곳이 어느새 핫플레이스가 되면서 고즈넉한 분위기가 사라져 아쉽기도 했다. 어떤 음식은 개성이 약해졌고 어떤 음식은 맛도 모양도 많이 달라졌다. 온 세계가 변하고 있으니 이런 변화도 당연한 일인데 영 섭섭했다. 물론 여전히 같은 모습으로 존재해 줘서 고마운 것들도 있었지만 마음 한구석이 채워지지 않았다. 후에 외곽 주택가 안쪽 깊숙한 골목에서 이 간식을 만나기 전까지는 말이다. 그날의 발견으로 나는 다시 명랑을 되찾았다.

나무 한 그루가 비스듬히 그늘을 드리운 작은 집 마당에 들어서니 소스 그릇을 정갈하게 놓아둔 테이블 3개가 눈에 들어왔다. 마당 가운데에 얌전히 엎드려 있는 검은 개는 짖지도 않고 눈만 한 번 끔뻑인다. 오후 2시. 부엌에서는 뭔가를 열심히 빚고 있는데 음식은 1시간 뒤에야 먹을 수 있다고 한다. 할 수 없이 동네 구경이라도 하려고 나섰지만 얼마 못 가 바로 지쳐 버렸다. 강가 벤치에

앉았는데 땀이 줄줄, 뜨거운 건기의 날씨는 인정사정 없었다. 그런 와중에도 졸음은 쏟아져 깜빡깜빡하다가 돌아가니 벌써 손님들이 오기 시작한다. 나는 반록 Bánh Lọc을 주문했다. 간장에 조린 새우를 손톱만 하게 잘라 넣고 찐 작은 떡이다. 김이 모락모락 피어오르는 따끈한 반록 몇 개에 튀긴 샬롯을 듬뿍 얹어 가져다주면 느억맘과 고추 양념을 뿌려 먹는다. 매콤 짭조름하고 쫄깃한 반록을 먹고 있자니 검은 개가 기지개를 켜고 일어나 꼬리를 흔들며 테이블마다 기웃거린다. 평화로웠다. 작열하는 태양에 벌겋게 익었던 얼굴과 온몸의 땀은 선풍기 바람만으로도 사르르 식어 가고, 주인은 친절하고, 처음 만난 반록은 더 바랄 것 없이 맛있었다. 내가 그리던 간식의 시간이 거기에 있었다.

변하고 사라지는 것들에 실망하지 말라는 듯 내 앞에 나타나 준 귀여운 간식을 바라보며 나는 다시 계획을 세운다. 나의 베트남 간식 여행은 계속될 것이다. 어딘가에 숨어 있을, 사람들 사이에 다정하게 놓여 있을 소박한 간식들을 찾아 유유자적 베트남 더 깊은 곳으로 걸어 들어갈 것이다.

베트남 간식,
시간과 시간 사이에서 만난 작고 다정한 것들

초판인쇄 2024년 10월 28일
초판발행 2024년 10월 28일

글 진유정
발행인 채종준

출판총괄 박능원
책임편집 유나영
디자인 홍은표
마케팅 안영은
전자책 정담자리
국제업무 채보라

브랜드 크루
주소 경기도 파주시 회동길 230(문발동)
투고문의 ksibook13@kstudy.com

발행처 한국학술정보(주)
출판신고 2003년 9월 25일 제406-2003-000012호
인쇄 북토리

ISBN 979-11-7217-520-7 03810

크루는 한국학술정보(주)의 자기계발, 취미, 예술 등 실용도서 출판 브랜드입니다.
크고 넓은 세상의 이로운 정보를 모아 독자와 나눈다는 의미를 담았습니다.
오늘보다 내일 한 발짝 더 나아갈 수 있도록, 삶의 원동력이 되는 책을 만들고자 합니다.